# 神様の定食屋③

## うつろう季節

中村颯希



双葉文庫

# お品書き

# 一皿目　肉じゃがか、カレーか

　多めの油を引いたフライパンに、一口サイズに切った牛肉を入れる。

　じゅっ！　という陽気な音に、つい調子よく肉を転がしたくなってしまうが、焼き色を付けるためにじっと我慢。

　その代わりに、塩とこしょうをまんべんなく振りかけて、時が来るのを待つ。

（ああ、いい匂いだね、しーくん。豚肉派もいるけど、やっぱり私、カレーは牛肉、それも角切り派。牛肉って大好き。あ、このままサイコロステーキとして食べちゃう？）

「うん、気持ちはすごくわかるんですけどね、亜紀《あき》さん。でも、俺たちが作るのはカレーなんで、具を減らすのは我慢しましょうか」

　こんがりと焼けていく肉を見守る俺の脳内では、誘いかけるように甘い女性の声が響くが、俺はそれを極力やんわりと遮《さえぎ》って、彼女に問いかけた。

「それで、下味をつけた後に、にんにくと生姜《しょうが》を入れるんですっけ？」

（そう。強火のまま入れちゃうと、にんにくが焦《こ》げちゃうから、いったん火を止めてね）

「はい」

　笑みを含んだように軽やかな声に従い、火を止める。

フライパンの温度が落ち着くのを待ってから、俺はだいぶこなれてきた手付きで、刻みにんにくと生姜を加えた。再び火を入れて炒めると、サラダ油に溶け出した牛肉の脂、そこにさらに加わったにんにくが、なんとも食欲をそそる香りを立てる。

香りは白い湯気の形となって、ひんやりとした秋の夜気に紛《まぎ》れていった。

ぶつ切りにした玉ねぎとにんじん、そしてじゃがいも。

形を崩してしまわないよう、木ベラで優しく混ぜていると、脂が野菜に絡《から》み、鍋全体がしっとりと色味を増す。

日頃肉にしか興味のない俺でも、野菜がうまそうと感じるほどの艶《つや》やかさだ。

早くも腹が減ってきたのを自覚しながら、我ながらなかなかの手際で調理を進めた。

「で、料理酒をたっぷり回しかけて蒸す……と。なんか、肉じゃがみたいっすね」

(ふふ、そうだね。材料おんなじだもんね。肉じゃがにしちゃう?)

「いやいや、カレー！　カレーって決めたでしょう⁉　途中で変えるのよしましょうよ」

時々、くすくすと笑いながら向けられる提案を躱《かわ》しながらだ。

「申し訳ないですけど、亜紀さん。俺、途中で献立を変えられるほど器用な料理人じゃないんですよ。カレーにするつもりで材料切ってますし、もう舌だって完全にカレーになっちゃってますからね。カレーで行きましょ。ね。カレー！」

(そうだねえ。途中で変えるなんて、無理だよねえ)

すか!」

「だいたい、『みーちゃん』にカレーを振る舞いたいって言ったのは亜紀さんじゃないで

(ふふ、そうだねえ)

頭に響く声は、どこまでも楽しげで、穏やかで、そして掴《つか》み所がない。

(ちょっとお酒の量が減っちゃったね、しーくん。このまま蒸してたら焦げちゃうから、水を少し足して。あ……、水を足してコンソメ入れたら、ポトフになるのかなあ?)

「カレー! カレーでしょう亜紀さん! 俺たちが作るのはカレー!」

なぜ俺が、脳内に響く声と、独り言を返すようにして会話しているのか。

なぜ冷え込みのきつくなってきた深夜のキッチンで、カレーなんか作っているのか。

その答えをすでにお察しの方は多いと思う。

だがまあ、「秋の夜長」と言われるほど、この時分の夜は人恋しく、長く感じるわけだから、どうかカレーを煮込むくらいの間だけ、俺の話を聞いてほしい。

つい一時間ほど前、うつろう季節にしんみりとして、しんみりと神社に赴き、しんみりと神様に弱音を吐いた結果——ちゃっかりと魂を押し付けられた俺の話を。

＊＊＊

ほんの半月前まで、夜でも未練がましい暑さが漂っていたというのに、今ではすっかり、秋の虫が健気《けなげ》に声を嗄《か》らしている。

最後の客を扉の外まで送り出し、看板の消灯を確認した俺は、冷たく肌を撫《な》でていった夜風に身を震わせながら、そそくさと店内へと戻った。

L字に配置された黒木のカウンターと、二名掛けのテーブルが四つ。

俺と妹が営む定食屋「てしをや」は、相も変わらずこぢんまりとして素朴な佇《たたず》まいだが、今日だけ、客席の配置がいつもと異なっていた。

テーブル四つをぴたりと寄せて、グループ席にしてあったのだ。

先ほどまでその席では、元同僚の久保田《くぼた》が、友人と宴会を開いていた。

「わあ、久保田さんたち、すごく気持ちよく食べてくれたね」

皿を下げていた妹――志穂《しほ》が、野菜一つ残っていない皿を見て、嬉《うれ》しそうに笑う。

たしかに、久保田たちは積極的に料理を頼み、魚の骨まできれいに舐《な》め取る勢いで、すべてを食べきってくれた。定食屋では注文が入りにくい生ビールや酒だって、ばんばん頼んで飲んでくれたおかげで、今日は大黒字だ。

貸し切りにしていたので、そのぶん店に元を取らせねばと考えてくれたのだろう。

久保田はそういう気の回し方をする男だった。

「光栄だよね、うちで昇進祝いと婚約祝いをしてくれるなんてさ。久保田さんも彼女さんも、煮込みハンバーグをすごく気に入ってくれたみたい。『家庭の味！』とか『これを作れる奥さんになりたい』って言われて、照れちゃった。貸し切りにしてよかったなあ」

気持ちよく料理を頼んでもらえて、完食してもらえて、しかも褒めてもらえて。

定食屋を心から愛している志穂にとっては、このうえなく幸せな夜だろう。

「ずっとみんな笑ってて、接客するこっちまで嬉しくなっちゃう席だったよね。なんか幸せをお裾分けしてもらっちゃった感じ。こんな宴席なら毎日あってもいいよね」

てきぱきと皿を流しに運び込みながら、志穂が「ねえ？」とこちらを振り返る。

床拭《ふ》き用のモップを持ち出していた俺は、そこではっと顔を上げた。

「ん？　ああ。そうだな」

ローラーが埋め込まれたバケツに、モップを浸す。足でペダルを押しながら柄を引っ張ると、両側からローラーで挟まれた房糸が、じょろろ、とバケツ内に汚水を吐き出した。

「マジ、久保田のやつ、めっちゃ気前よかったよな。感謝しかないわ」

「ほんとだよー。お兄ちゃんが定食屋やってる、って聞いたから、わざわざここを予約してくれたんでしょ？　優しい」

「ま、そういう友人に恵まれるのも、俺の人徳のおかげだな」

「はいはい。次は素敵な彼女に恵まれるように、頑張ってねー、人徳」

俺が冗談で返すと、志穂は笑いながらテーブルを拭き、軽くあしらう。

そのまま上機嫌で洗い物を始めた妹をよそに、俺は黙々と床を磨いた。

頭には、つい先ほど、去り際の久保田から掛けられた言葉が、何度も蘇《よみがえ》っていた。

『え、釣り？　いいよいいよ、取っといてくれよ』

ほろ酔いなのか、顔を赤らめて上機嫌に笑っていた久保田。

支払の額が多すぎるからと、慌《あわ》てて過剰な分を返そうとすると、彼は『いいから』と強引にそれを突き返してきた。

『なにせ俺、結婚前だしさ。受け取ってくれよ』

慶事を前にした多幸感から、寛容になっているのだろうか。

浮かれた友人をからかってやろうかと、俺は苦笑しながら口を開きかけたが、次の久保田の発言を聞いて、思わず言葉を飲み込んでしまった。

『ほら、自分が幸せなときほど、大変な人に手を差し伸べなさい、ってよく言うじゃん』

声には、同情、とでも呼ぶべき感情が込められている気がした。

言葉に詰まった俺をどう受け止めたのか、久保田は少し表情を引き締め、声を潜めるようにして告げた。

『ここ、会社からは遠いから、毎月とかは無理だけどさ。なるべく俺も使うようにするから。頑張れよ』

彼は親しげに婚約者と肩を並べると、友人たちに囲まれながら去っていった。

陽気な熱をまといながら歩く集団を、冷えた店先で見送った後、俺は何度も、最後に掛けられた言葉を反芻《はんすう》していた。

『頑張れよ』

善意に満ちた言葉のはずだ。相手の幸運を願い、励ます言葉。

だが励ましには、わずかな哀れみが込められていたと、そう思うのは僻《ひが》みなのだろうか。

今のは自分の優位を確信し、相手の劣位を見て取ったからこそ、自然に口を衝《つ》いてきた言葉だったのではないかと、そんなことを思うのは。

それを皮切りに、ふと、久保田の目にはこの店はどう映ったのだろうかと気になった。

金曜の夜、普通なら最も客で賑《にぎ》わう時間帯に、すんなり貸し切りにできてしまう店。

こぢんまりとした店。「家庭の味」――家庭で出るのと大差ない食事を提供する店。

床を拭き、モップを再びローラーに掛ける。

じょろろ、という音とともに濁っていく水面を、俺はぼんやりと見つめた。

昇進し、結婚を決めた元同僚。

脱サラして定食屋を継いだ友人のために、値段も見ずに酒を注文してくれる彼。

片や、この時間まで妹と二人で立ち尽くし、客の踏みしめた床を磨き――「大変そうな」俺。

「……あー」

俺は込み上げる衝動のまま、何度も何度もモップをローラーに掛けた。

汚れた水は、どれだけ絞っても、後から後からこぼれ出してくる。

べつに、悪意に晒《さら》されたわけではない。攻撃されたわけでもない。

誰も悪くないのに、なぜこんな、もやもやとした思いをせねばならないのか。

「あー……！」

「お兄ちゃん？」

いつまでもモップを絞っている兄に、志穂が訝《いぶか》しげな視線を寄越す。

俺はバケツを掴むと、つかつかとスロップシンクに歩み寄った。

「明日の仕込みはもう終わってんだよな？　もう、テーブルセットの補充だけだよな？」

「え？　うん」

「なら悪い、任せるわ」

ザバッと勢いよく、汚水を排水口に流し込む。

上から水を掛けて、シンクのタイルが白さを取り戻すのを確認すると、俺は手を洗い、
ショーケースからワインボトルを一本掴んだ。

そうして、きっぱりと言い放ったのだ。

「俺、神社に行ってくる」

と。

＊＊＊

がろん、がろん。

手水《ちょうず》で指を清め、鈴から垂れた紐《ひも》を揺らす。

人気《ひとけ》のない、暗く静まり返った境内《けいだい》に、鈴の音はやけに大きく響いた。

「神様ー。いるんでしょう？　ちょっと出てきてくださいよー」

真顔で御堂に話しかける男の姿というのは、傍《はた》からはさぞや不気味に映るだろう。

だが俺は、その不都合な事実を頭の外へと追い出し、勝手知ったる様子で、ゆさゆさと鈴緒《すずお》を引っ張り続けた。

「ねえねえ、忙しいんですか？　つれないこと言わないでくださいよ。こっちは寂しいんですって。ちょっと話しましょうよ。ねえー」

名誉のために言い訳しておくが、何度神様と会話を持っても、無機物に話しかけるというのは、毎度それなりの勇気を要するものなのだ。

スマホに向かって、「ヘイ、最寄《もよ》りのコンビニを調べて」と声を掛けるときの気恥ずかしさに、少し似ているだろうか。

いや、目的があるわけだし、この先に応答する相手がいると確信しているからこそ話しかけているわけだが、それでも無人の空間に向かって、「ヘイ」ってどうよ、みたいな。相手が答えてくれなかった場合、すごく恥ずかしいよな、みたいな。

俺がつい、過剰に馴《な》れ馴《な》れしく話しかけてしまうのは、そんな照れを隠すためなのだ。べつに、俺の性格がうざいとか暑苦しいとか、そういうわけではない。断じてない。

「ねーねー神様ー。神様ったらー。話しましょうって。前回からいつぶりですっけ。あれ、まる一月くらい空いてる？　あー、会えないなんて寂しいな。会いたくて震えちまうな。せっかくお高いワインまで持ってきたのになー」

がろん、がろん、と眠たげだった鈴の音が、がろがろがろ……と高速になりはじめた、そのときのことだ。

——あー……っ。

じわ、と輪郭を滲《にじ》ませるようにして御堂が光る。

老若男女《ろうにゃくなんにょ》のどれとも付かない、少し苛立《いらだ》たしげな声が、周囲に響き渡った。

——せっかく！　気持ちよく酔っているところに、おまえなあ！　そんな、借金取りのように騒がしくやって来る者があるか。

神様だ。

酒盛りを中断されたのか、ぷりぷり怒っているようだったが、それでも呼びかけに応じてくれた神様に、俺は満面の笑みを浮かべた。

「神様！　よっしゃ、来た来た！」

姿は見えないものの、なんとなく御堂に向かって両手を広げたら、即座に「神を当たりくじのように扱うでない」とツッコミが入る。

だがすぐに、ちょっとそわそわした様子で、「して、お高いワインとは？」と続いたので、俺はますます嬉しくなった。

この神社で神様と出会って、もう一年近く。

神様は相変わらず、俗っぽくて、酒好きで、そしてノリと面倒見がいい。

俺はいそいそとワイン瓶《びん》を賽銭《さいせん》箱に置こうとして、ふと、すでに置かれている日本酒の瓶の存在に気付いた。

誇らしげに、「ひやおろし」のラベルが貼られた一升瓶だ。

「先客だ、珍しい……。もしや、『気持ちよく酔っている』って、これですか？」

——ああ。夏の間寝かせに寝かせ、ようやく最近出荷されたのだ。待ちかねた秋の味ぞ。

尋ねれば、神様は「くぅーっ」と眉根でも寄せているような素振りで答えを寄越す。

ひやおろしとは、夏の時期に寝かせて熟成させ、肌寒くなる秋頃に、冷やのまま樽《たる》におろして出荷する日本酒のことだ。出荷している期間内にもどんどん味わいを深めてゆくのが特徴で、秋の味として楽しみにしている酒好きも多い。

もちろん神様もその部類であるらしく、今夜は御堂で、ひやおろし祭りが執り行われていたようだった。


——飲みたい飲みたいと思っていたら、ちゃんとそれを供《そな》えてくれる者が現れるのだものなぁ。願いには願いを。うむ、やはり世界というのはそういう風にできているのだ。


「神様が、そんなところに世界の真理を感じ取らないでくださいよ」

このこぢんまりとした神社に、いったい誰が供え物をしたのだろう、と首を傾《かし》げながら、ひやおろしの隣にワインを並べる。

今日はワインはいりませんかね、と尋ねると、スパンと音が鳴りそうな速さで「いる」と答えがあった。

――それはそれ、これはこれ。おまえがワインを持ってくるなど、珍しいではないか。おお、たしかにこれはなかなか年数の経《た》った代物だ。高そうだな。

「まあ、高いと言っても、日本酒と比べて、ワインの値段って天井知らずですから。特に高いって言うほどでもないかも……」

いざ神様に高級そう、と言われると、急に腰が引けてしまう。

何を隠そう、これは先ほどの久保田の宴席に、お祝いとして出そうと仕入れていたものだった。

自分では奮発したつもりだったのだが、先に久保田に「え、一番高い酒でもこの値段？　お得！」と日本酒を次々頼まれ、すっかり出鼻を挫《くじ》かれて、出せずじまいだったのだ。

店で一番高い日本酒を「お得」な値段と見る、そんな相手に一万円のワインを出したところで、相手をしらけさせてしまうだけだろう。

せめて土産《みやげ》に持たせようと考えたのだが、釣りを巡るやり取りで、それもできないままだった。

「たまには、神様とワインを飲むのもいいかなー、って。……開けますね」

俺は曖昧《あいまい》にごまかし、持ってきていたオープナーで栓《せん》を開けた。

きゅぽん、とコルクが小さな音を立てるのと同時に、豊かな香りが夜気に広がる。

神様は、ワインを供えられるのは珍しかったのか、しばらく「おお」とか「ほほう」とか、はしゃいだ様子で味わっていたが、しばらくすると、微妙そうに切り出した。

――うーむ。うまいが、なんだ。ワインというのは、恋人たちが夜に飲み交わす、しゃれた酒なのではないのか。なぜむさ苦しいおまえと私が、境内で啜《すす》らねばならぬ？

「なんであなたってそう、発想がいちいち俗っぽいんですか……」

どうやらこの神様は、シチュエーションを大切にするタイプらしい。

むさ苦しい男と寂れた境内でワインを飲む、という状況が不満だったようだ。

――だっておまえ、どう考えてもこの流れ、ワインを飲みながら弱音を吐きはじめるつもりだろう？　やれやれ、ワイングラスを傾けながら、おまえの愚痴の一つも聞いてくれる恋人はおらんのか。寂しい男よの。

いや、単に俺の愚痴を聞くのが面倒だったようだ。

出会って一年、この神様も、どんどん俺に対する遠慮がなくなっている。

だが、だからこそこちらも遠慮なく、「いいじゃないですか、付き合ってくれたって」

と反論できるわけではあるのだが。

神様はまるで、口では無遠慮に突き放しながらも、結局は「それで、どうしたんだ」と飲みに連れ出してくれる、兄貴分のようだった。

「どうせ、彼女とは一年前に別れたきりですよ。仰《おっしゃ》る通り、寂しいんです、俺は」

案の定、神様は、ワイン分の愚痴は付き合うことに決めたらしく、「ほう」と耳を傾けてくれる気配がする。

それに勇気を得た俺は、今日店であったことを、ぽつぽつと語りはじめた。

「久保田に悪気がないのはわかってるんです。俺が勝手に、僻んでいるっていうか、こう、焦《あせ》っているだけで」

――焦る？

「そう。昇進とか、結婚とか……着実に人生のコマを進めてる同期を見てると、俺、大丈夫なのかな、これからどうなるのかなって……いろいろ」

考えをまとめながら、俺は、「もうすぐ一年になるんです」と切り出した。

「両親が死んでから。俺が、定食屋を継いでから。たぶん今、ちょっとした、節目で」

突然もたらされた訃報《ふほう》。

いきなり嵐の海に投げ出されたような、不安定な時期を、俺と志穂は、歯を食いしばるようにして駆け抜けてきた。

少しでも足を止めたらその場に崩れてしまいそうだったから、とにかく必死で。

妹は重圧に潰されそうになりながら、俺もまた未知の定食屋経営に右往左往しながら、慌《あわ》ただしく日々を過ごしてきた。

だがそんな日常にも、やがて慣れる日はやって来る。ちょっとずつ仕事を覚え、ペースを掴み、客にも恵まれて。「てしをや」に、愛《いと》おしさまで覚えるようになった。

そうしてふと顔を上げ、自分が見覚えのある風景を歩んでいることに気付いたとき——ぐるりと、すでに季節を一周したと気付いたとき、俺は、言いようのない不安に駆られたのだ。

俺は、繰り返していくのか、この日々を。

数日先、一ヶ月先くらいまでしか見通しの立たない生活を、この先もずっと。

安定した給与、伴侶や家族、そんなものを得ながら、まっすぐ人生を歩んでいく同期たちとは異なり、同じ場所を、ぐるぐると。

「お客さんの笑顔を見るのは、嬉しいんですよ、もちろん。でも、もうそれは、初めての体験、初めての感動ってわけじゃなくて、よくも悪くも、いろいろと、慣れてきて……」

それ以上続けると、取り返しのつかない発言をしてしまいそうで、口を噤《つぐ》む。

代わりに、唇を苦笑の形に歪《ゆが》め、物思いを無理矢理、型枠の中に押し込めた。

「定食屋を優先して、会社を辞めたのは、俺です。今聞かれたって同じ選択をするし、復職したいわけでもない。ないけど……時々、どうしても気になっちゃうみたいです」

もし、あのまま会社員を続けていたら。世間が言うところの「安定した生活」を送って、昇進して、ひょっとしたら結婚なんて、していただろうか。

「元カノとは去年別れちゃったけど、もし続いていたら、とかね」

彼女——夏美《なつみ》とは、ちょうど一年前に別れた。いつもサバサバとして、活動的で、大きな口を開けて笑う彼女が、ある日電話越しに、「ごめん、別れよ」と切り出してきたのだ。

あっけらかんとした口調に、俺は最初冗談だと思って笑い飛ばした。

数日置いて本気だと気付いて驚き、さらに数日後、夏美の意志が固いのを知って困惑し、戸惑って対応を決めあぐねているうちに、不測の事態が起こった。

俺の両親が死んだのだ。

そこから俺はすぐ、自分と妹のことで手一杯になってしまい、結局、夏美を引き留めることも、事情を問いただすこともしなかった。

一度連絡を躊躇《ためら》ってしまえば、次にはいっそう、声を掛けられなくなる。

すべてをうやむやにしたまま、俺たちは別れた。

「はは、秋だからですかね。人恋しいっていうか、いろいろ考えちゃうんですよ」

──うんうん、秋だからな。寂しいな。おまえに引き留める度胸がなかったばかりにな。よくあるよくある。

しんみりとする俺に対し、神様の相槌《あいづち》はどこまでもラフだ。

「なんか、いつもに増して対応が雑じゃないすか」

俺が恨みがましく御堂を見上げると、神様は「あのなぁ」と肩でも竦《すく》めそうな素振りでそれに応じた。

──この時期になると、人の子はやたらと「寂しい」だとか「しんみりする」と言い出すのだ。深刻な顔をした者どもに、一様に未練がましく「寒いの」「人恋しいの」とメソメソうじうじ縋《すが》られてみろ。多少対応も雑になろうが。

「う……、す、すみません」

もしかして神様は、不定愁訴《ふていしゅうそ》を聞き続ける医者や、クレームの電話を受け続けるお客様相談室のスタッフのような気持ちなのだろうか。

それはたしかにげんなりしそうだと思い至り、もごもご詫《わ》びる。

神様は、まあ秋だからなぁと、苦笑するような気配を見せた。

俺もまた、つられて苦い笑みを浮かべた。

「秋って、実りの季節なのに、なんでこんな寂しくなっちゃうんでしょうね」

──実るからさ。

ぼやきのような呟《つぶや》きに、神様から返ったのは意外な言葉だ。

──秋《しゅう》とは愁《しゅう》。秋《あき》とは飽《あ》き。熟し切った果実が自然に枝から落ちるように、秋はものが満ちて、衰えはじめる時期よ。熟《あ》え、落《あ》え、飽く。自然の摂理《せつり》さ。

つい先ほどまで、日本酒に「くぅーっ」となっていたのが嘘《うそ》みたいな、静かな声だった。

──おまえはこの一年、よく頑張った。新たな日々に全力で挑んで、ひとつの実りを迎えたのだろう。満ちたからこそ、飽いたのだ。少しな。悪いことではないし、よくある。

恥ずかしいことに、神様のその言葉を聞いただけで、なぜだか俺は涙ぐみそうになってしまった。

ああ。まったくこの神様ときたら、日頃はちゃらんぽらんのくせに、どうしてこう、すべてを見透かしてしまうのだろう。なにもかも許してくれるのだろう。

「……やっぱ、神様って、神様なんですね」

――おうとも。我こそは、人の子の悩みを見通し、千の願いを縒《よ》り合わせる神よ。

照れ隠しに、ひねくれた物言いで持ち上げてみせると、神様は重々しく頷《うなず》く。楽しくなってしまって、俺はそのまま、神様を褒め称《たた》えた。

「いや本当に。願掛けをしたわけでも、叶《かな》えてもらったわけでもないのに、すごく心が軽くなりましたよ。いやー、神様ってのは偉大だなー」

――そうであろう、そうであろう。ちなみに、もっと心が軽くなる方法があるぞ。

だがそのあたりから、風向きがにわかに怪しくなる。

ん？　と戸惑う俺の前で、まるでこちらを威圧するかのように、御堂の光がじわりと強まっていった。

──毒をもって毒を制す。願いには願いを、未練には未練を。淡い未練が胸を占めるというなら、それよりもっと強い未練で体を埋めてやれば、気にならなくなるものだ。


まさか、この流れは。

これまでの付き合いで、今後どうなるかを瞬時に察した俺は、冷や汗を滲ませた。だって、魂を受け入れるのにもはや不満はないが、今夜はさすがに疲れた。

俺はさっと御堂から視線を外し、踵《きびす》を返した。

「あー、いやー、その必要はないっていうか。もうすっかり、物思いなんて解決しちゃいましたよ。じゃっ、今晩はこれにて失礼を……」

──まあ遠慮するな。おまえも心の奥底ではこの展開を願っていたはず。憑《つ》いてほしくて憑いてほしくて震えるのだろう？　私にはわかる。なにせ、願いを見通す神だからな！

「勝手に人の願いを捏造《ねつぞう》しないでくれませんかね！」

神様め、いよいよいつもの強行突破に出やがった。

俺はワインボトルを掴むのも諦《あきら》め、だっとその場から走り出す。

だが、足が石段に差し掛かるよりも速く、鳥居の下に、見慣れた靄《もや》が凝《こご》りはじめた。ほっそりとした、女性のようなシルエットだ。

——喜べ。人恋しいとめそめそ愚痴るおまえにぴったりの、年頃の娘だぞ。声がきれいで黒髪ストレート、よく笑い、ちょっとドジっ子。おまえの好みど真ん中だ。

「べつに魂とお付き合いしたいわけじゃないですから！　ってか、なんで俺の好みをそこまで詳細《しょうさい》に把握してんだよ！」

くわっと歯を剥《む》くが、もう遅い。

靄は見る間に質量を増し、ワンピースを着た、俺と同い年くらいの女性の姿になった。

『あの……突然、ごめんなさいね。でも、みーちゃんにご飯を食べさせてあげられるって聞いて』

胸の前で両手を組み、申し訳なさそうに眉尻を下げるのは、いかにも育ちの良さそうなお嬢さんだ。

肌は白く、肩をさらりと滑る黒髪は艶やかで、目鼻はすっと整っている。

ここ最近、高齢の魂ばかりを迎えていた俺は——だって死者って、やはりご老人のほうが多い——、ついどきりとして、足を止めてしまった。

「えっ、いや、あのー」

『本当にごめんね。私も、男の人の体を借りるのって、どうかとは悩んだんだけど、でも、やっぱりみーちゃんのことは気に懸かるし』

女性はおろおろと視線をさまよわせていたが、やがて、なにかを吹っ切るように顔を上げ、ぱっと微笑《ほほえ》んだ。

『というわけで、お邪魔します』

「え――」

俺が体を強《こわ》ばらせてしまったのは、なにも若い女性が、急に身を寄せてきたからというだけではない。

彼女の笑みが、記憶のどこかを妙に刺激したからだ。

なんだっけ。なんだっけ、なんだっけ――。

『フュージョン！』

だが、答えにたどり着くよりも早く、「ほわん」という間の抜けた音が上がり。

(わあ！　うまくいった！　今夜はどうぞよろしくね！)

「あー……っ」

以降脳内で響くようになった女性のはしゃぎ声を聞きながら、俺は頭を掻《か》きむしった。

べつに、今さら嫌とは言わないけど。愚痴だって聞いてもらったけど。

「もう少し、心の準備ってもんをさせてくださいよ！　特に女性のときー！」

こっちだって、臭くないだろうかとか、むさくないだろうかとか、いろいろと気にする繊細さがあるんだよ！

（あっ、私、あんまり身だしなみとか気にしないほうだから。鼻とかも遠慮なくほじっていいし、トイレだって行ってもらって大丈夫よ）

「うぅ！　うぅうー！」

そんな風に言われてしまうと、もう鼻くそなんて絶対ほじれない。トイレもしかりだ。

半泣きになった俺に、神様はぬけぬけと頷いたようだった。

――うむ。酒盛りを中断したことは、これで手打ちとしてやろう。

＊＊＊

神社から店へと戻る道すがら聞いた話では、このたび俺に憑いたのは、佐藤《さとう》亜紀さんという女性の魂だった。

享年《きょうねん》二十六歳。大学を出て、親の営む会社で事務員として働いていたが、一年ほど前、バレエの公演を観に行ったところ、そこで火事に巻き込まれて亡くなったらしい。

「あ……。そのニュース、聞いたことがあります」

たしか照明器具からの出火で、避難経路も万全に確保されておらず、ホールの管理者が責任を問われていたはずだ。

死者が出たため、しばらく世間は、避難訓練や消火器点検の必要性を騒ぎ立てたが、半月も経つと事件は風化してしまった。

俺の両親の事故死もそうだが、世の中にとって人の死というのは、そういう扱いだ。

「その……おつらかったですね。本当にご愁傷様でした」

聞いたことがある、とは言ってみたものの、どう話を続けてよいのかわからず、俺はもごもごと呟く。亜紀さんは小さく笑い、のんびりと応じた。

（ありがとう。私もびっくりしちゃった。まさかバレエの鑑賞中に死ぬなんてね）

「ですよね……。ええと……バレエ鑑賞がお好きだったんですか？」

（ううん、全然。意味がわからなくて、熟睡しちゃった。それで逃げ遅れちゃったの）

「えっ」

亡くなったときの話題よりは、趣味の話題のほうが盛り上がるだろうと踏んで水を向けたのだが、ばっさりと否定されて戸惑う。

「そ、そうなんですね。いやあ、亜紀さん、お淑《しと》やかな雰囲気だから、てっきりお好きなのかと……」

(それほどでも。バレエなら、みーちゃんのほうがまだ好きなんじゃないかな。あ、妹ね。すごく元気な子なんだけど、お姉ちゃんっ子なだけに、私が死んでから落ち込んでて）

彼女が手料理を振る舞いたい「みーちゃん」とは、猫かなにかと思いきや、妹であったらしい。

活発ですごく魅力的な女の子だったのに、最近はずっと意気消沈しているそうだ。

カレーを食べさせてあげたいの、と気負いなく呟いた亜紀さんは、姉というよりも、まるで愛情深い母親のように見える。

きっと、何度もそうやって「みーちゃん」を元気づけてきたのだろうな、と思った俺は、改めて気合いを入れて、拳を握った。

「カレー、いいですね！ 最高のものを作りましょう。さては、妹さんの好物ですか？」

(え？ どうだろう)

だが、漲《みなぎ》らせた気合いは、すかっと音を立てて空振りした。

「え……っ？ 『どうだろう』、とは……？」

(そのままの意味。私、料理苦手だったから、作れるのってそれくらいしかなくて。みーちゃんが好きかどうかは知らないけど、まあ、カレーにさせてもらおうかなと)

「……そ、そうですか」

どうしよう。大丈夫だろうか。

成仏を拒むほどの未練を残しておきながら、「これなら作れる」みたいな消去法で献立を決める魂は初めてだ。

というか亜紀さん、会話の端々から、清楚《せいそ》な佇まいとは裏腹な、ずぼらさを感じるぞ。

俺の心を読んだわけではなかろうが、亜紀さんは軽く首を傾げ、髪を摘《つ》まんでみせた。

（髪も染めずにいたからかなあ。私、どうも周囲からは、料理上手とか、家庭的だとか、お淑やかな人間に見えるみたいで。実際は、全然そんなことでもないんだけどね）

なんでも亜紀さんは、コーヒーを淹《い》れるのが面倒だからと白湯《さゆ》を啜り、ランチに出るのが面倒だからと親に弁当を詰めてもらっていたら、「意識の高い、和食が得意な女性」と周囲に誤解されてしまったらしい。

しかも、その手のことは初めてではなく、周りはなぜか、やたらとこちらを優良誤認し、憧れの視線を向けてくるのだそうだ。

妹からも同様にして慕われていたのだが、きらきらした目で姉を仰ぐ妹はとても愛らしかったので、あえて誤解を解くことなく放置していたと、亜紀さんは言った。

「放置……」

（髪もねえ、切るのが面倒だから伸ばしてただけなんだ。みーちゃんも褒めてくれるし、まあいっか、って。あ、しーくんは、ロングとショート、どっちがタイプ？）

「し、しーくん⁉」

（うん。哲『史《てっし》』だから、しーくん）

亜紀さんの独特な間合いとネーミングセンスに、俺はもうたじたじだ。

だが不思議なことに、亜紀さんの、そのちょっとズレたテンポや感性というのは、どうにも憎めないものがあった。

（ねえねえ、しーくんって、どんな子が好きなの？　お姉さんタイプ、妹タイプ？　わがまま、健気、ひねくれ者、うーん、あとは……）

「な、なんで俺の好みを聞き出す流れになってるんですか……！」

（だって、気になるんだもの）

体を伴っていたなら、ぐいぐいと顔を近付けていそうな詰めっぷりだ。

しんと冷えた秋の夜道を歩く間、亜紀さんからの質問攻めは延々と続いた。

＊＊＊

さて、カレーである。

スパイスから調合して、三日煮込んで、みたいな品だったらどうしようと少々危惧していた俺であったが、亜紀さんはあっさり――もはや案の定と言うべきか――、「え？　市販のルーを使うよ」と言い放った。

料理がそこまで得意でない俺としては安心したが、いやいや、大切な妹さん相手に思いを伝える料理としては、果たして市販のルーに頼っていいのか悩ましいところだ。

ほら、こう、識別性というか。

過去の事例を思い出しながら、「もう少し、亜紀さんらしいこだわりや、特別な作り方があってもいいのでは」と遠回しに伝えると、彼女は小首を傾げ、こう答えた。

（こだわり……？　うーん、あえて言うなら、ルーを二種類以上、混ぜてたかな）

ルーを数種類混ぜるというと、いかにもこだわりがあるように聞こえたが、このときの俺にはすでにわかりはじめていた。

亜紀さんはきっと、家に転がっていた半端なルーを掻き集めただけだろうと。

推論を伝えると、亜紀さんは「すごい、どうしてわかったの？」と目を丸くし、一方の俺は肩を落とした。このカレー、無事に再現できるのだろうか。

「過去の傾向を考えるに、妹さんは、『亜紀さんがかつて作ってくれた』カレー、ってところに励まされると思うんですよ。なにかもっとないですか、こう、思い出に関わる要素は」

（うーん。一回、あまりに適当な私の作り方を見かねて、みーちゃんが手伝ってくれたことがあったな。下味を付けるとか、ちょっとした差なんだけど、すごく美味《おい》しくて）

なんでも「みーちゃん」は料理が得意らしく、カレーを作るにも、煮込む前に野菜をにんにくで炒めたり、酒で蒸したりしていたらしい。

俺が「それだ！」と身を乗り出すと、亜紀さんは「私の、っていうより、みーちゃんのレシピってことになるけど、いいのかな」と首を傾げながらも、最終的には「まあいいか、盛り付けに籠《こ》もる私らしさもあるよね」と頷いてくれた。

やはり、いろいろ無頓着《むとんちゃく》な人だ。

幸いにして、店の厨房《ちゅうぼう》にもカレールーは常備されている。念のため、もう一種類のルーをコンビニで買い足してから、俺たちは「てしをや」の裏扉をくぐった。

志穂はすでに、店を出た後だった。

ぴかぴかに洗い上げられた食器から、ぴとん、と滴《したた》る水の音が響くほどに、店内は静まり返っている。

厨房とカウンター席にだけ灯りを入れると、俺たちはいよいよ調理を開始した。

牛塊肉を角切りにし、玉ねぎとにんじんとじゃがいもの皮を剥く。

下味を付けた肉と野菜を炒め、酒で蒸す。

鍋底の水が減ったら、焦げない程度に、少しずつ水を足してゆく。

亜紀さんの記憶を手掛かりに、調理は順調に進んでいたが、彼女が合間合間にぶつけてくる捉《とら》えどころのない発言に、俺は翻弄《ほんろう》されっぱなしだった。

(ねえねえ。この材料の組み合わせって、たぶん、炒めても普通に美味しいよね？)

だとか、

（ルーを変えたら、シチューにもなるのかな？）

だとか。しきりと路線変更を促《うなが》すかのような質問を向けてくるのだ。

その都度俺は、「大きく切り分けちゃったから、もう炒められないです」とか、「いや、もう米も炊いちゃいましたから」と答えて、外れそうになる軌道を修正していた。

煮込む頃になっても質問が続いたため、俺は最後には、鍋を守るようにして叫んだ。

「カレー！　もうこの子はカレーを目指してるわけですから！　今さらほかに変身できませんよ。頼むから、この子にカレーとしての本分を全《まっと》うさせてやってください！」

ただでさえ男ってのは、二つのことを同時にこなすのは苦手だし、カレーを作るとなったらカレーを作ることしか念頭になくなる生き物なのだ。

あっちこっちに話を持っていかないでほしい。

だいたい、もう二種類のルーも入れてしまったので、後戻りなんてできない。

情けない俺の悲鳴を聞くと、亜紀さんは目を瞬《また》かせ、それからなぜか、上機嫌に笑った。

（……しーくんって、面白いねえ）

そうして聞くのだ。

（ねえ、しーくんって、どんな子がタイプなの？　女の子にモテるでしょう）

と。

「残念ながら、モテた例《ため》しなんてないですよ」

俺は、唐突な褒め言葉と質問に、照れと困惑を半々にしながら唇を歪める。

ただでさえ、元カノと別れてちょうど一年だ。

その手の質問は、苦い記憶を呼び起こして仕方がなかった。

「付き合ったことがあるのも、二人だけで……いや、一人は中学の頃、ままごとみたいなデートをしただけだったから、実質一人か。その実質一人にも、さくっと振られましたし」

（振られちゃったの？　どうして？）

「いや、わからないんですよ。一週間くらい連絡取ってないなーっていう時期があった後、いきなり電話がきて、別れようって言われて……」

元カノ――夏美は社交的なタイプで、友達が多く、彼氏の俺を放って旅行に出るなんてザラだった。

俺も、彼女のさっぱりした性格が好きだったし、実質初めての彼女で、どれくらい互いの行動を把握しあうべきかもわからなかったから、踏み込みすぎるのを恐れてもいた。

だから、唐突に別れを突き付けられて、俺は固まってしまったのだ。

感情のまま取り乱すべきなのか、鷹揚《おうよう》に笑い飛ばすべきなのか、冷静に受け止めるべきなのか。

どれが最適なのだろうと考えている間に、状況がめまぐるしく変わり、それに押し流されるようにして別れてしまった。

でも、こうして折に触れて彼女を思い出すということは、俺の中で夏美との関係は、全然決着が付いていないのだろう。

「もし、あのとき……」

俺はぽつんと呟いてから、そんな自分に気付いて首を振った。

もう、遅すぎる話だ。

ルーを入れてしまったカレーと同じで、今さら事態を取り返すことなんてできない。

ちょうどそのとき、炊飯器が炊き上がりを告げるメロディーを鳴らしはじめたので、俺はそそくさと飯を混ぜ返した。

見れば、弱火で煮込んでいたカレー鍋のほうも、いい頃合いである。

汗を掻いた蓋《ふた》を持ち上げると、あの、誰もの食欲と郷愁を誘ってやまないカレーの匂いが、厨房いっぱいに広がった。

ひと匙味見してみれば、野菜のうまみを閉じ込めたスパイシーな味わいが、とろりと舌の上を流れて、飲み込んだそばから涎《よだれ》が出そうになる。

「うん、ばっちり」

頷くと、脳裏で亜紀さんも頷く気配がする。

（うん、ばっちり）

ただし、俺の中に入った彼女は、鍋ではなく、玄関に向かって耳をそばだてていた。

（来たよ、みーちゃん。でも、扉の前で迷ってる。開けてもらっていいかな、しーくん）

どうやら、亜紀さんの待ち人はすでに店の前まで到着していたようだ。

俺は慌ててお玉を置くと、ガラガラと引き戸を開けた。

「いらっしゃいませ。すみません、わかりにくいですよね。これでも店は営業中――」

途端に吹き込む、冷えた夜風。

だが、俺が言葉を飲み込んでしまったのは、なにも寒さのせいではなかった。

「え……？」

こちらを見た途端、はっと息を呑《の》む相手。

ほっそりとした体つきに、くりっとした目が印象的な、意志の強そうな顔。

「なんで、夏美が……」

「なんで、哲史が、ここに」

店先に立っていたのは、なんと一年前に別れた彼女――夏美だったのだ。

驚いたのは相手も同様であったらしく、大きな瞳を丸く見開いて、ショルダーバッグの肩紐を握り締めた姿勢のまま、ぽかんとこちらを見上げている。

一年前に比べてずいぶん髪が伸びた彼女の姿は、ふわりと裾の広がったスカートとも相まって、神社で見かけた亜紀さんと、奇妙なほど似て見えた。

――ああ。そうか。

俺はこのときになってようやく、亜紀さんの名付けの法則を理解する。

哲史だから、しーくん。

夏美だから、みーちゃん。

亜紀さんの妹、「みーちゃん」とは、夏美のことだったのだ。

「あ……」

夏美がぎこちない笑みを浮かべて、一歩後ずさる。

「ごめん。いい匂いがするなと思って、ちょっと立ち止まっただけで──」

──おまえに引き留める度胸がなかったばかりにな。

なぜかその瞬間、脳裏に神様の言葉が蘇り、俺は弾《はじ》かれたように身を乗り出した。

「待って」

無意識に、相手の腕を掴む。

目を見開いた夏美の顔、夜気に包まれた服の冷たさ、細い腕の感触。

押し寄せる情報に声を上擦《うわず》らせながら、俺は辛《かろ》うじて告げた。

「寒いから。ひとまず、入って」

そうして、肌寒さを口実に、夏美を店へと引き入れたのだった。

＊＊＊

「へえ。感じのいいお店だね。まさか哲史が定食屋なんて、ほんと意外」

カウンターの一席に通された夏美は、バッグを置くや、出会ったときそのままの、愛想のいい笑みを浮かべて話し出した。

「私、この辺は滅多に通らないんだけど、今日はたまたま近くで人と会っててさ。夕飯食べ損ねて、お腹《なか》ぺこぺこー、って思ってたら、急にいい匂いがしたもんだから、つい立ち止まっちゃったの。だから、狙ったわけじゃないんだ、ほんとに」

ハキハキと話す夏美は、この状況になんら物怖《ものお》じしていないように見える。

だが、手を伸ばされないままゆっくり冷えていくおしぼりや、時々くしゃりと潰すようにして掻き上げられる髪が、彼女の緊張を物語っていた。

「知らなかったよ、哲史がここで働いてたなんて。だって、その」

やがて、静まり返った空間で、一人まくし立てる状況に心折れたのか、夏美が諦めたように目を伏せる。

「……元気だった？」

「うん」

俺もまた、なんと声を掛けていいものかわからず、短く頷くのが精一杯だった。

（もー、せっかく再会したなら、もっと和気藹々《わきあいあい》と話せばいいのに。というか、そういうことなんだよね？　やっぱり、みーちゃんの元カレって、しーくんだったんだよね？）

そんな中、脳内の亜紀さんだけが、目を輝かせる勢いではしゃいでいる。

執拗《しつよう》に好みや付き合い遍歴を確認していたのは、彼女なりに俺の正体を照合しようとしていたからなのだと、このときになって俺はようやく思い至った。

（ほらほら、沈黙が痛々しいよ。なにか話して。一年ぶりでしょう？　変化はたくさんあるじゃない。髪型とか服装とか体型とか。それにほら、みーちゃん、お腹空《す》いてるって）

亜紀さんに急《せ》かされ、慌てて漬物の乗った小皿を差し出す。定食に添える漬物を、夜営業の際には先付けとして出しているのだ。

皿の立てる、ことと、という小さな音が、一層店内の静寂を際立たせるような気がして、俺は焦りながら会話の糸口を探った。

「これ、ひとまずつまみ代わりに。ええと……髪、伸びたな。それに、痩せた？」

「ああ、うん。まあねー」

だが気のせいか、夏美の笑みは一層ぎこちなくなったように見えた。

「それと……そういう格好、するんだな。その……スカートっていうか、可愛《かわい》い系の」

「はは。お嬢様チックで笑えるでしょ」

「いや。笑えるとかじゃ、全然」

実際夏美は、可愛かった。

以前の彼女は、動きやすさ重視のジーンズやショートパンツ、そうでなければ、スエットのような服を好んで着ていたし、髪も短く、ほぼすっぴんで、どこか少年のようだった。

それが今や、肩まで伸ばした髪を下ろし、白いニットとふわふわしたスカートをまとい、淡い色の口紅を塗っているのである。

お淑やかな雰囲気は亜紀さんそっくりで、つまりそれは、好みか好みじゃないかで言えば、俺のタイプど真ん中なわけで。

先ほどから俺は、これは本当に夏美なのかと違和感を抱《いだ》きながらも、どぎまぎとしていたのであった。

「意外だけど……ええと、可愛い、んじゃないのかな」

勇気を振り絞って告げると、しかし彼女は、なぜか恥じるようにして再びくしゃりと髪を押しつぶす。

そして、唐突に席を立った。

「ごめん。そういえば今日、持ち合わせが全然ないんだった。日を改めるね」

「えっ！　い、いや、大丈夫！」

このままでは彼女は、俺の前から永遠に去ってしまう。

それを悟った俺は、亜紀さんが、（嘘だよ。しーくん止めて！）と指示を出すよりも早く、本能的にカウンターに身を乗り出していた。

「実はもう、閉店してて。カレーを……明日のカレーを、仕込んでただけなんだ。だから、カレーなら、タダでいいから。試食してってくれないかな。そう、味見」

自分でも強引だと思う説明だ。

案の定、夏美は戸惑ったように笑い、首を振った。

「それでも悪いよ。それにほら、今日私、白い服着てるし、カレーはちょっと」

「あ、洗えばいいじゃん！　うち、シミ抜き用の洗剤とか炭酸水とかも用意してるし！」

必死すぎてドン引きされやしないかと、我ながら心配だ。

いっそ泣きたいと思いながら、俺は思いつく言葉を次々ぶつけた。

「よくいる、よくいるんだよ、カレー飛ばしちゃうお客さん！　だから俺、シミ抜き得意で。むしろ披露したい。どんなシミだって、俺が華麗に抜いてやるから！　カレーだけに！」

カレーだけに。俺はなにを言ってるんだ？

決まりの悪さに、耳の端が熱くなる。

しかし俺が、「すんませんでした今の全部忘れて帰ってください」と土下座するよりも早く、なぜか夏美は足を止めた。

「……ほんと？」

痛みを堪《こら》えるように微笑んだ彼女が、いったい俺の発言の何に反応したかはわからない。

だが夏美は、小さな、縋るような声で、

「じゃあ、……ちょっとだけ、頂いてこう、かな」

と呟き、おずおずと、席に戻ったのだった。

＊＊＊

楕円形《だえんけい》の、少しざらりとした陶器皿に、炊きたてのご飯を盛り付ける。

少し空けておいた右側のスペースに、そっとカレーを注ぎ込めば、完成だ。

（私にもやらせて）

亜紀さんが上機嫌に言うので、一度体を委《ゆだ》ねると、彼女は丁寧な手付きでカレーをすくい、なぜかにんじんを一つだけ、白米とカレーの境目に移動させた。

（うん、いい感じ）

でこぼことしたにんじんが、やけに目立つのは気になったが、これで完成らしい。

「めしあがれ」

誇らしげな亜紀さんに代わって、レモン水と一緒にカレー皿を差し出す。

食欲をくすぐるスパイスの香りが、白い湯気となってふんわりと一面に漂ったが、夏美はカレー皿を見つめるだけで、スプーンに手を伸ばそうともしなかった。

「――……これ」

やがて、彼女はぽつんと問うた。

「このにんじん、なに？」

視線の先にあったのは、でこぼこな岩石のような形に刻まれたにんじんだった。

なに、というのは、正体を問われているのだろうか。それとも、意図を？

「ええと、これは」

（見ての通り、お星様だよ。茶色い大地に降り立った、輝ける地上の星だよ）

言いよどんでいると、脳裏の亜紀さんが神妙に答えるので、思わず「えっ」と声が漏《も》れそうになる。

いや……、道理でにんじんを切るとき、こまこまと包丁を動かしていたとは思っていたが、まさかこれが、星を象《かたど》っていたつもりだったとは。

もしや「盛り付けに籠もる亜紀さんらしさ」とは、このことだったのか。

「ほ……星」

（ただの星じゃないよ。茶色い大地に降り立った、輝ける地上の星だよ）

「茶色い大地に降り立った、輝ける地上の星」

苦虫を噛《か》みつぶした顔で復唱する。

笑ってくれたらいい。

せめて、「は？」とツッコミを入れてくれたらいい。

だが実際にはそのどちらとも違って、夏美は静かに、息を呑んだ。

「……なにそれ」

ぎこちない笑みを浮かべて、スプーンを握る。

それから彼女は、ゆっくりと、なにかを恐れるように、カレーを口にした。

もぐもぐ、と、引き結んだ唇が動く。

その内側では、豊かな味わいと熱が、みるみる広がっているに違いないと俺は思った。

とろりと舌を滑るカレー。茶色のそれに触れた途端、爽《さわ》やかなスパイスと、香ばしいにんにくの香りが、鼻まですっと駆け抜けていく。

くたくたに煮込まれた玉ねぎは歯先でとろけ、にんじんはほんのりと甘い。

ほくほくしたじゃがいもは、舌の上で転がさなくてはいけないほど熱くて、角切り肉は噛むたびに、じゅわりと塩気と脂を滲ませるだろう。

いくらでも白飯を掻き込める、誰もが愛する味。

なのに夏美は、最初の一口を飲み込んだ後、いつまでも動かなかった。

いいや、よく見ればその手は震え、口に含んだままのスプーンが、カチカチと小さな音を立てていた。

「――……っ、…………」

涙がこぼれるのを防ぐように、夏美がぎっと皿を睨《にら》みつける。

彼女はスプーンをなんとか引き抜き、素早くおしぼりで目元を拭《ぬぐ》ったが、すぐにまた涙が溢《あふ》れてしまったのか、そのままおしぼりに顔を埋《うず》めた。

「――……はは。ごめん。……辛くて」

嗚咽《おえつ》を押し殺すあまり、声が震えている。

それでも彼女は、ずっと鼻を啜り上げ、俯《うつむ》いたまま強がりを口にした。

「か、辛すぎて、涙出てきちゃった」

ルーは二つとも辛口ではなかったし、そもそも、夏美は大の激辛好きだったはずだ。

自分でも無理があるとわかっているのか、それ以上嘘は重ねず、夏美はただ、肩を震わせ続けた。

肩を滑る長い髪に、薄い肩。

白い服に身を包んだ彼女は、俺の知らない、弱々しい女の子のようだった。

（ああ、みーちゃん。どうしよう、泣かないで……）

頭の中で、亜紀さんが困り果てた声を上げている。

俺もまた、夏美が打ち震える様子を見ていられなくて、気付けば話しかけていた。

「……いったい、どうしたんだよ」

もしかしたら少し、拗《す》ねたような声になってしまっていたかもしれない。

「夏美。どうしちゃったんだよ。そんな……弱々しくなっちまって」

そう。夏美は、一年前より、痩せていた。

長く伸ばした髪や、ふんわりした白いスカートは、ほっそりとした体と相まって、たしかに可愛らしいと思うのに、俺はどうしても、それが夏美らしい姿とは思えなかったのだ。

「カレー、好きだったじゃん。辛いもの好きで、刺激ばっか求めてて、うまいもん食ったら、大声で『うまーっ』って笑うやつだったのに。……誰かに合わせて、無理してんの？」

もしや、新しい男と付き合って、そいつの望む格好をしているのだろうか。

そいつの望む振る舞いを目指しているのだろうか。

（違うよ）

だがそのとき、亜紀さんがゆっくりと首を振る。

（私のせいなの）

ひどく、悲しげな声だった。

え、と思うのと同時に、俯いていた夏美が、「弱々しい、かあ」と呟く。

涙にくぐもった声は、自嘲《じちょう》の響きに満ちていた。

ひんやりとした室内に、くねるようにして揺れる白い湯気。

針の落ちる音さえ聞こえそうな、静まり返った空間。

あとは――神様の計らい。

それらに背中を押されるようにして、やがて夏美は、おしぼりからふらりと顔を上げた。

「急に泣いちゃったのは、思い出したからで……」

説明しようとして、だが言いよどみ、再び口を閉ざす。

しばし視線をさまよわせ、「どこから話そうかな」と呟いた後、夏美は覚悟を決めたように、まっすぐ俺の顔を見つめた。

「去年はいきなり、ごめんね。あの日、いきなり哲史に、別れを切り出したのは――」

はっきりとした、口調。

だがすぐに、力強さは溶けるようにして消え、夏美はくしゃりと髪を押しつぶす。

「切り出したのは、お……お姉ちゃんが、死んだからなの」

お姉ちゃん、と口にするとき、彼女は喉を震わせ、堪《たま》らずといった様子で口を覆《おお》った。

「私の、二つ上の、お姉ちゃん。去年、バレエ公演の最中に、火災があって……それに巻き込まれて、死……、死んじゃったの」

知らなかったし、知っていた。

この複雑な状況を説明できるはずもなく、俺は軽く俯き、ただ耳を傾ける。

彼女が何度も言葉を詰まらせながら話したのは、こんな内容だった。

夏美には、二歳年上の姉、亜紀さんがいた。跳ねっ返りの妹とは異なり、いつも穏やかだった姉。淑やかで素直な彼女は両親のお気に入りで、親の望むままの進路を辿《たど》り、親の営む会社に就職した。自慢の娘だと、親はしきりと亜紀さんを褒め称えた。

一方の夏美は、幼少時からお転婆《てんば》で、両親の手を煩《わずら》わせてばかりいた。母親がそれなりの名家の出とかで、「女は淑やかに、上品に」と何度も叱《しか》られたが、そのたびに反発し、元来の活発な性質を強めていった。

大学でヒップホップに興味を持ち、就活の時期までサークルの友達と練習漬けの日々を送っていると、「そんな下品な遊びをしていないで、まじめに勉強しなさい」と叱られた。

亜紀さん同様、親の会社で事務員となることを迫られたという。

「私もね、べつにダンサーの夢だけ追いかけてたわけじゃなくて、インストラクターの仕事に就いて生計を、って考えてて。そこを頭ごなしに強制されて、こっちも強く断ったら、すっかり実家から、足が遠のいちゃった」

俺が知る夏美の職業は、ジムのインストラクターだ。

一人暮らしを始めると、両親とはすっかり没交渉になった。ただ、穏やかで自然体の亜紀さんとだけは、どんな時期でも仲がよく、連絡を取り合っていた。

「それで、去年の今頃、お姉ちゃんに言われて渋々親に電話したら……年末は帰省するのか、みたいな話から、また大喧嘩《おおげんか》して。いよいよ絶縁されかけたのね。そうしたら、お姉ちゃんがある日いきなり、……バレエのチケットを送ってきて」

せっかく滑らかさを取り戻しかけていた口調が、再び途切れがちになる。

夏美は何度も瞬きをして、カレー皿から目を逸《そ》らした。

「どういうつもり、って聞いたら、もうすぐお母さんの誕生日だから、二人でバレエでも観てきたら、って言うの。わかり合えるかもしれないでしょ、って。要は、喧嘩の仲裁」

お姉ちゃんって優しいからさ、と笑おうとしたようだが、笑みは途中で歪んでしまった。鼻の頭が、赤く染まっていた。

「でも、そのとき私、感謝するどころか、……お、怒っちゃったの。なにそれ、って。『お姉ちゃんも、お母さんも、全然わかってない。全然、わかってない』……」

チケットは、コンテンポラリーダンスでも、モダンバレエですらなく、クラシックバレエのものだった。

夏美はそれを見てむしろ、「伝統的な芸術しか認めない」と突き付けられたように感じた。自分と、自分以外の三人は、やはり住む世界が違うのだと。

だから夏美は、「母親と一緒に観るなんてごめんだ」と、チケットを姉に突き返した。

「そしたらお姉ちゃんが次の日、『お母さんも行かないそうだし、せっかく評判のいい演目だから、夏美だけでも行ってみたら』って言ったの。お母さんも来ないって聞いたら、私は……なんでかな、ショックで。怒鳴っちゃった。ならお姉ちゃんが行きなよ！　って」

黒々とした瞳に、じわりと涙が滲む。

それで、と声を震わせる、夏美の話の続きを、俺はもう知っていた。

亜紀さんは代わりにバレエを鑑賞し、そこで火事に巻き込まれて亡くなったのだ。

「わ……私の、せいなの」

すっかり赤らんだ頬の上を、透明な涙がぽろりと流れ落ちてゆく。

「私が行くはずの、席に、座っていたせいで。お姉ちゃんは死んだ」

（違うよ、みーちゃん）

頭の中で、静かな亜紀さんの声が響く。

だが空気を震わせないその言葉は、次々と涙を溢れさせる夏美には届かなかった。

「お姉ちゃんに、観に行く理由なんて、なかったのに。私が、行けって言ったから」

（違う）

「せめて、一緒に行ってたら……ううん。私が、死ねばよかった」

（違うよ、みーちゃん）

一向に聞き届けられぬ言葉に、亜紀さんもまた、徐々に声を湿らせてゆく。

（そんなこと、言わないでよ……）

夏美はとうとう両手で顔を覆い、大きくしゃくり上げた。

その拍子に、はらりと黒髪が肩を滑ると、真っ赤な目でそれを見つめる。

「……その日から、髪を伸ばしはじめたの」

消え入りそうな声に、俺ははっと顔を上げた。

服装。髪型。すっかり華奢《きゃしゃ》になった夏美をまじまじと見つめ、この一年、彼女がなにをしようとしていたのかを、今さらながらに理解したからだった。

「色も変えた。元の服は、全部捨てた。親の会社に、転職した。私……消えちゃいたかった。『佐藤夏美』も、それを知っている人も、全部消しちゃいたかったの」

髪を強く握り締めながら、夏美はぼろぼろと涙を流す。

彼女は、俺を含めた「佐藤夏美」の世界を全部断ち切って、――亜紀さんに、成り代わろうとしていたのだ。

「そんなこと……」

「馬鹿げてるよね。わかってる。でも、そうでもしないと、生きていけないと思ったの。申し訳なくて、苦しくて……親が望んだお姉ちゃんじゃなく、私が生きていくなんて」

両親は、姉の言動をなぞる夏美を見るたびに、複雑そうな顔をしたが、結局止めはしなかったそうだ。おそらく彼らも、喪失感を埋めるのに必死だったのだろう。

演者も観客も、偽りだとわかりきっている芝居。

破綻《はたん》がすぐ後ろまで迫っているからこそ、誰もが必死にそこから視線を逸らした。

折れた骨が歪んだ形のまま定着してしまうように、夏美たちの生活は、徐々に奇妙な安定を見せていく。両親との仲はすっかり良好になり、すると母親は、夏美に見合いを勧めたそうだ。

それがちょうど、今日だった。

「み、見合い⁉」

「うん……。いや、紹介、って言うほうが近いかな。二人で食事だけ、してきなさいって」

ぎょっと目を剥いた俺に、夏美が鼻を啜りながらもごもごと答える。

互いの顔を確かめるだけの「食事会」。

やって来た男性は、たしかに母の紹介だけあって、品がよく、穏やかな人物だった。

静かな会話。優しい物腰。店も予約してくれていて、自分は付いて行くだけでよかった。

けれど彼は、夏美がメイン料理を注文しようとすると、何度も口を出してきたという。

トマト煮込みは論外。脂が跳ねるから、ステーキもだめ。

匂いが強い料理も品がない。カレーソースなんて、まずありえない。

だって、女の子が、それもそんな白い服を汚しては、みっともないじゃないか——。

「その瞬間、なんか……無理だーって思っちゃって」

(それは私も無理だなぁ)

静かに話を聞いていた亜紀さんが、しみじみと呟く。

やはりその声は届かなかったので、夏美は、親に叱られた子どものように、しょんぼりと肩を落とした。

「お店では全然食べられずじまい。お腹が空いて、早くご飯を食べたいなって思って……でも、家には帰りたくなくて。ふらっと電車を降りて、ぶらついてたら、ここに来てた」

秋の夜は寒かった。腹は倒れそうなほど空いていた。

帰りたい。でも、どこへ？

いまだに足に馴染《なじ》まないヒールを引きずり、底冷えのするスカートの裾をひらめかせ、とぼとぼと夜道を歩く。

するとそのとき、突然、懐《なつ》かしいカレーの匂いがした。

郷愁を誘う、あの匂い。

夏美は導かれるように、この店へとやって来た。

「そうしたら、哲史が現れて、カレーを食べてけって、言うでしょ？　白い服だからって断ったら、シミ抜きしてやる、なんて」

軽い口調を取り繕《つくろ》おうとしているのに、夏美の笑みは、不格好になってしまっていた。

「しかも、このカレーがね。お姉ちゃんが作ってくれたのに、そっくりなの。にんにくで炒めた野菜を、酒で蒸した、ちょっと和風のカレー。一度私が教えたら、お姉ちゃん、律《りち》儀《ぎ》に、毎回そうしてくれてて。……毎回、へたくそな星が乗ってて」

毎回だった、と、夏美は震える声で付け足した。

「親と喧嘩したとき。家に帰りたくないな、っていうとき。家の前で立ち止まっちゃう日に限って、なぜか毎回、お姉ちゃんは、カレーを作って、待っててくれてたの。だから、匂いにつられて、私は家に帰れた。親とも話せた」

香ばしいにんにくや、こんがりと焼き目を付けた肉の匂い。

酒に蒸されて、とろとろになった野菜や、何よりあの、食欲をくすぐるカレーの匂いが、夏美を家に導いた。

「お姉ちゃんが……私にとっての、帰れる家だった」

つ、と一筋、涙が頬を伝う。

夏美はぐいと乱暴にそれを拭い取ると、強引に口の端を持ち上げた。

「……だから、私、もっと、ちゃんとしなきゃね」

え、と思ったのは、そのときだ。

「こんな巡り合わせ、そうないもん。きっとお姉ちゃんが、私を励ましてくれたんだと思う。ここで怖《お》じ気《け》づいてどうする、家庭に入って、ちゃんとしなさい、って」

（え？）

頭の中でも、亜紀さんが愕然《がくぜん》とした気配がする。

俺も思わず天を仰ぎそうになった。

「息苦しくて無理、なんて言ってる場合じゃないよね。私……ちゃんと、お姉ちゃんのぶんまで、生きないと。お姉ちゃんみたいに、きちんと」

そうじゃないだろう！

叶うなら俺は、カウンターを飛び越えて、夏美の肩を揺さぶってやりたかった。

そうじゃない。そんなはずがない。妹を「活発で魅力的」と評する亜紀さんが、夏美にこれ以上の無理を求めるはずがない。

筋違いな罪悪感に押しつぶされて、自分らしさをそぎ落としてまで、必死に「姉」に成り代わろうとする――亜紀さんは、そんな夏美をこそ止めたいと思ったに違いないのに。

「夏美――」

（しーくん）

だが、俺が口を開くより早く、脳内の亜紀さんが切り出した。

（悪いけど、こう伝えてくれない？）

俺の拳が、強く握り締められている。亜紀さんと一体となった俺の体は、かっと腹のあたりから熱を帯び、突き上げるような衝動は、喉を震わせるほどだった。

（こんの、――馬鹿！）

普段おっとりと話す亜紀さんの怒号は、俺の鼓膜を内側から揺さぶるほどの激しさだ。

（なに考えてるのよ！　みーちゃんはみーちゃんでしょ!?　死んだ人間は今さら戻らない。佐藤夏美を、途中から佐藤亜紀にすることなんてできない。どうしてわからないの！）

じわりと涙が滲む。それは、亜紀さんが初めて見せた激情だった。

鼻がつんとする。喉が痛んで、奥歯に力が籠もる。

亜紀さんは、怒り、悲しんでいた。

（材料は同じでも、カレーを今さら肉じゃがになんかできっこないよ！　私、そう言ったでしょ⁉）

早く伝えて。急《せ》いた口調で言われ、俺は耳に一番残った台詞《せりふ》を、慌てて伝える。

「夏美。材料は同じでも、カレーを今さら、肉じゃがにすることなんかできないよ」

言い切ってから、我ながらなんて唐突だろうと思い、付け足した。

「……って、昔、ある人が言ってて。それを今、思い出して」

だが、不自然さを警戒する必要はなかったようだ。

亜紀さんの不思議な啖呵《たんか》を聞いた途端、夏美ははっと顔を上げ、食い入るようにこちらを見つめていた。やがて、小さく開いた口が、掠《かす》れた声を紡ぎ出した。

「――……それ、誰が言ってたの？」

この機会を逃してはならない。

俺は頭を捻《ひね》り、なんとか話の辻褄《つじつま》を合わせた。

「亜紀さん。佐藤亜紀さん。去年の今ごろこの店に来て、話が弾んで……。俺がカレーの作り方に悩んでたら、このレシピを教えてくれた。妹から教わった作り方なのよ、って。ごめん、よくある名字だったから、夏美のお姉さんだったってことに、今気付いたんだ」

「………」

夏美の目が、大きく見開かれる。黒々とした瞳が、見る間に涙で潤《うる》んだ。

（ありがとう、しーくん。それで、こう言ってくれる？「カレーと肉じゃがじゃ、材料の切り方も違う。味付けを変えればいいってもんじゃない」って。「私は、みーちゃんのカレーが大好きだった」って）

「亜紀さんは言ってた。カレーと肉じゃがじゃ、材料の切り方も違う。味付けを変えればいいってもんじゃない、って」

亜紀さんは夏美のカレーが、と伝える前に、俺は口を噤《つぐ》む羽目になった。

夏美が、これまでとは比べものにならない勢いで、涙をこぼしはじめたからだ。

「——……そう、言って、たの……っ？」

「あ、ああ」

頷くと、夏美は子どものようにくしゃくしゃに顔を歪め、両手で顔を覆った。

お姉ちゃん。

子犬がひんと鳴くような、嗚咽まみれの声だった。

「……なにか、特別な意味のある言葉だったのか？」

尋ねると、夏美は肩を震わせたまま、小さく頷く。

は、は、と息を吐き出しながら、途切れ途切れに答えた。

「む、昔……、私が、親に、ご、ご飯……カレーを、作ろうと、したとき。親が途中で、そんなの嫌だ、肉じゃがにでも、変えろって、言ってきて」

（みーちゃんね、小さい頃は、親に気に入られたくて、必死だったの。ご飯を作ったりして。でも……私たちの親って、遠慮がない人で。今日は炊き込みご飯をもらっちゃったから、カレーなんて作られても困る、って言うのよ。十歳の子が、一生懸命料理してたのに）

妹の言葉足らずの説明を、亜紀さんが補う。

静かな怒りと、悲しみを湛《たた》えた声だった。

（私ならその時点で、鍋ごとゴミ箱に突っ込んだと思うんだけど、みーちゃんは、慌ててお醤油《しょうゆ》を探してた。もう煮てるのに。肉じゃがにしなきゃ、って、泣きながら）

「私……、悲しかったけど、肉じゃがにしようと、した。そうしたら、お姉ちゃんが」

（だから私、横からルーを放り込んじゃった。家中のルーを掻き集めて、銘柄問わず、手当たり次第。それで親に言ってやったの）

「『無理無理、もうカレーでーす』って、言ったの。『今さら、肉じゃがになんか、なれませーん』って。にこにこしながら、きっぱり。わ、私の、代わりに、言ってくれた」

涙がぼろぼろと、白い頬を滑り落ちる。

きれいに塗った化粧は、すっかり剥《は》げてしまったが、感情をむき出しにする彼女を見て、俺は、ああ、夏美だと思った。

「それで、二人で……カレーのまま、食べた。普段、お上品な和食しか出ない、家なのに、お姉ちゃん、ルーを入れすぎの、味の濃すぎるカレーを、全部食べて……、『みーちゃんのカレー、美味しい』って、言ってくれたの」

（だって、美味しかったもの）

亜紀さんが小さく笑う。

ただし彼女も、控えめに鼻を啜っていた。

（あのなんでもかんでも淡泊な『家庭の味』の中で、みーちゃんのカレーだけが、はっきりしてて、美味しかったもの）

そのとき俺には、二人で鍋を覗《のぞ》き込む幼い姉妹の姿が見えた気がした。

がつんとした匂い。ぶつ切りにした具材。冷え切った家の中で漂う、唯一温かな湯気を浴びながら、二人手を握り、冒険の味に挑む。

「亜紀さんは……『みーちゃんのカレーが大好きだ』って、言ってたよ」

伝われ、と願いながら、俺は亜紀さんの言葉を告げた。

「なんでも淡泊な『家庭の味』の中で、夏美のカレーが一番好きだったって。亜紀さんは、はっきりしてて、活発な妹のことが大好きだって、言ってた」

伝わってくれ。

亜紀さんは、妹に自分を再現してもらうことなんて望んでいない。

夏美に、ありのままの姿で、生きてほしいだけなんだ。

「………っ」

ぐ、と唇を引き結んだ夏美に、亜紀さんが静かに語りかける。

(私、元気で人気者のみーちゃんが、いつも羨《うらや》ましかったよ。でもね、別に、自分のことも嫌いじゃなかった。肉じゃがには肉じゃがのよさがあるもの。みーちゃんが私に成り代わろうなんて……成り代われるなんて、私に失礼だと思わない?)

馬鹿にすんな、と、拗ねた口調で唇を尖《とが》らせてから、亜紀さんは笑った。

(今さらほかに変身なんて、できないよ。お願いだから、カレーの本分を全うして)

それは、つい先ほど俺が口にした台詞だ。

あのとき亜紀さんがなぜ満足そうに笑っていたのか、俺はようやく理解できた気がした。

一年前店に来たときそう言っていた、という形に調整して、亜紀さんの願いを伝えると、夏美はいよいよ大声を上げて泣き出した。

何度も「お姉ちゃん」と呼び、顔中を涙でぐしゃぐしゃにして、すっかりすべての化粧を流し終えてしまった頃、彼女はすんと、小さく鼻を啜った。

「なんで私、忘れちゃってたんだろうなぁ……」

感情の嵐が過ぎ去ったのと同時に、憑きものも一緒に落ちてしまったようだ。

瞼《まぶた》は赤く腫《は》れ上がっていたが、素直な光を浮かべて、カレー皿を見つめた。

「……冷めてきちゃった」

ぽつんと呟き、スプーンを握る。夏美は少し考えて、やがてこう尋ねた。

「カレーが飛んじゃったら、シミ抜きしてくれる？」

俺は力いっぱい頷いた。

「任せろ」

夏美はそこから、気持ちのいいほどの速さで、スプーンを動かした。

飯を掬《すく》う。カレーの海をくぐらせる。口に運んで、噛み締め、飲み込む。

咀嚼《そしゃく》するたび、唇が震え、ふ、ふ、と息が漏れていたが、きっと辛さのせいだろう。

だって夏美の食べる姿は力強かった。がつがつ、という音が聞こえそうなほど。

飲み込むたびに、生きる、生きる、と宣言しているかのようだった。

ありのままに、生きる。

飯の一粒も残さず、きれいに皿を平らげると、夏美はからん、とスプーンを置いた。

「ごちそうさまでした。……美味しかった」

目はまだ潤んでいたし、顔中、ぐしゃぐしゃだったけれど、胸を衝かれるほど、美しい笑みだった。

夏美は、カレーを食べる間、肩の片側に流していた髪を掴むと、軽くおどけてみせた。

「カレー食べるのに、長い髪って邪魔だね。切っちゃおうかな」

意味を悟った亜紀さんが、小さく息を呑む気配がする。

一拍置いて、彼女はそれは嬉しそうに、頬を緩めた。

(いいと思うよ。私は、ショートのみーちゃんが好き)

「いいと思う」

伝言、というのを言い訳に、俺は答える。

俺だって、ショートヘアの夏美が好きだ。

声には温度が籠もりすぎていたのかもしれない。

夏美は俺の相槌を聞いた途端、ちょっと唇を噛み、顔を逸らす。

三呼吸ほどの沈黙の後、彼女は「じゃあ」と、上擦った声で応じた。

「切ったら、見せに来ようかな」

「来て」

無意識に身を乗り出し、言ってしまってから俺は我に返った。

「いや、ええと、だから」

ぐるぐると、言葉が頭を駆け巡る。鼓動が速まり、耳の端が熱くなった。

ああそうだ、去年、別れを切り出されたときもこうだった。咄嗟《とっさ》に、どう振る舞ったらいいかわからなくて。手を伸ばしたいのに、踏み込みすぎては一層嫌われるのではないかと躊躇って、言い訳を並べて身を縮こめて、結局すべてをうやむやにしてしまったんだ。

「カ、カレー!」

だが今、店中に充満するカレーの匂いに背中を押されるようにして、俺は叫んでいた。

「カレー用意して、待ってる。だから、事前に連絡をくれると嬉しい。っつか……こっちからも、連絡させてくれると、嬉しい！」

夏美は目を瞬かせると、ぷっと噴き出した。

「それはだめ」

「ええっ⁉」

「私から連絡させてください」

なぜか居住まいを正すと、彼女はまっすぐに視線を合わせた。

「あの日のこと――私のほうから、やり直させてください」

目尻のちょっと切れ上がった大きな瞳は、緊張と、決意とを含んでこちらを見ている。

俺は、わけがわからないほど胸をいっぱいにしてしまい、片手で口元を覆った。

「そ、それは、その」

(ひゅーひゅー)

亜紀さん、今このタイミングで、にやにや笑いはやめてください。

俺は顔を隠すため、深く頭を下げざるをえなかった。

「よ、よろしくお願いいたします」

(なんで二人とも敬語なの？)

笑いを含んだツッコミが、静かな秋の夜に響く。

その後、俺たちが会計についての押し問答をし、夏美がしっかりとした足取りで店を出ていくまでを、亜紀さんは上機嫌に見守っていた。

再び、俺たち以外に無人となった店内を見回すと、満足げな溜《た》め息を漏らす。

（ありがとう、しーくん）

亜紀さんは、ぽんぽんと俺の肩を叩《たた》いた。

といっても、傍目《はため》からは、自分の肩を労《いたわ》っているようにしか見えないのだが。

（いや、未来の弟、かな？　結婚を報告するときには、私のお墓にはカレーを供えてね）

「どう考えてもお寺に怒られますよ。というか、き、気が早いですよ」

（さてさて。それはどうでしょう）

亜紀さんはなぜか、流しの奥に視線をやると、悪戯《いたずら》っぽく微笑んだ。

それから、夏美の意外に繊細な性格や、実は俺の名前を一度だけ夏美の口から聞いていたということ、両親は面倒な人だがコツさえ掴めば操縦しやすい、といった大変重要な情報を俺に授け——やがて、溶けるようにして消えた。

流しの奥に放置していたスマホに、早速夏美からのメッセージが入っていたと気付くのは、その数分後のことだった。

＊＊＊

「ありがとうございましたー！」

亜紀さんを見送ってから三日ほど経った、昼の「てしをや」。

昼の部の最後の客を見送った俺は、鮮やかな手付きで皿を下げ、素早くテーブルを拭き、足取りも軽く昼メニューを回収していた。

流しで大量の洗い物と格闘していた志穂が、俺を見て怪訝《けげん》そうに眉を寄せる。

「なんかお兄ちゃん、やけに機嫌よくない？」

「べつにー？　あ、それより、俺たちのまかない、カレーでいいよな？」

「いいけど……。突然、これまでにないメニューをお品書きに加えてくるの、やめてよね。材料の取り回しが狂っちゃうんだから」

「はっはっは、すまんすまん。まあ、うまいワインを買ってきてやるから許せ、妹よ」

相変わらずの小言も、爽やかな秋風のように受け流せる。

理由の一つは、元同僚の久保田から、「おまえの店、マジで美味《うま》かったから、友達全員に紹介しといたぜ！」と連絡が来たことにあった。

メッセージには、「貢献したから、次に行くときは割引してください。彼女の前で見栄《みえ》張りすぎて、今月の請求やべー」と、悲しげな訴えも添えられていた。

どうやらあの日、「頑張れよ」との発言に哀れみを感じてしまったのは、俺の被害妄想でしかなかったらしい。

俺は、自分の頬を殴ってやりたい衝動に駆られつつ、慌てて久保田宛のワインを買い直すことを決めたのだった。

いやあ、秋のわびしさって、神様の言う通り、とんでもない威力だなと言い訳しつつ。

そう、神様の言う通り。

今回もまた神様は、魂の未練を解消してやりながら、俺の願いを見通し、それをこっそり叶えてみせたのであった。ワインは、神様のぶんまで買わねばなるまい。

そして、俺が上機嫌な理由のもう一つは——。

「こんにちはー」

今、ガラリと扉を開け、店にやって来た人物にあった。

顎《あご》の下で軽やかに揃《そろ》えたショートボブに、ほっそりとしたジーンズ姿が清々《すがすが》しい。

おずおずと扉をくぐるのは、そう、夏美である。

「今、お店に入って大丈夫？」

「おう、大丈夫。カレーあるから、食ってけよ」

大丈夫もなにも、客足の途切れるこの時間帯を指定したのは俺だ。

約束通り、ショート姿を見せに来てくれた夏美に、俺は極力さりげなさを装って告げた。

「すげえ、似合うじゃん」

夏美のことを知らなかった志穂が、「なになに？」と興味深くこちらを見ている。

俺は、夏美をカウンター席に案内しつつ、彼女をどう紹介するか、ごく一瞬迷った。

けれど、それと同じくらい短い時間で、力強く結論付けた。

夏美は店まで来てくれたんだ。

この関係を、もう後戻りなんてさせない。

「志穂。こちら、夏美。俺の……彼女」

きっぱり告げると、志穂が「はあ!?」と洗っていたボウルを取り落とす。

「嘘でしょ!?　急に寒くなったから頭が風邪引いたの!?　妄想？　幻覚？」

「失礼にもほどがあんだろ！　実在人物ですー。ほら、さっさとカレー食おうぜ」

想像通りの反応を寄越す妹には、くわっと歯を剥き、照れをごまかすためにそそくさと鍋へと向かう。

だがそれを、夏美が「ねえ」と呼び止めた。

「私のことはいいから。扉の前に、お客さんがもう一人、待ってるみたいなんだけど」

「ん？」

俺は目を瞬かせ、それから「しまった」と扉に駆け寄った。

最後の客を見送ったら、真っ先に「営業中」の札を「準備中」にひっくり返すべきだったのに、浮かれるあまり忘れていた。

そりゃ、夏美だって遠慮がちに来るはずだ。

お客さんも、もし長時間悩んでいたのだったら、どうしよう。

「すみませーん！　もしかして、お待ちでしたか――」

だが、ガラリと扉を開け、その先に立っていた人物を見て取り、俺は絶句してしまう。

「ふん、こがん小さか店なのに、客がおるのにも気付かんで」

仕立てのよい秋物シャツに、ベージュのズボン。

色はだいぶ白さが勝つが、ふさふさと豊かな髪と、皺《しわ》の刻まれた険しい顔。

「なんが定食屋か。ままごとばい」

語気の荒い佐賀弁《さがべん》で話すのは、俺の見知った人物であった。

見知った――けれど、昨年葬儀で会ったのを除けば、この五年、ほとんど連絡を取り合わなかった人物。

「え、おじいちゃん？」

流しから、慌てて志穂が駆け寄ってくる。

そう。この、眼光鋭いご老人は、じいちゃん。

俺たちの母方の祖父、江田史則《えだふみのり》だった。

「あ、あれ？　どうしたの。お母さんたちの一周忌の法事は、まだ二週間も先――」

「おまえはなんば考えとっとか、哲史」

問おうとする志穂を遮り、じいちゃんはぎろりと俺を睨みつけてくる。

「おまえ葬式んとき、しっかり会社勤めして、志穂ば守るて言いよったやろうが。なのに、なんで二人して、こんなくだらん店ば続けよるとか」

鋭い視線は、こぢんまりとした店内や、細々とした装飾品、「てしをや」のロゴが入った揃いのエプロンの上を素早く走り、再び、俺へと戻った。

そうして彼は、吐き捨てるようにして言った。

「こがん小さか、どこにでもあるごた、安っぽか定食屋。はよやめんか」

と。

# 二皿目　のり弁

がろん、がろん。

秋の虫の鳴き声を追いかけるように、古びた鈴が鈍《にぶ》い音を響かせる。

「神様ー。こんばんはー」

俺は、手慣れた仕草で鈴緒を揺すりながら、御堂に向かって情けない声を上げた。

「神様。神様ったらー。出てきてくださいよ。今夜は酒盛りしてないんでしょう？」

亜紀さんのときの反省を生かし、今夜は鈴を鳴らす前に、ちゃんと賽銭箱の横を確かめておいた。

ほかの誰かが捧《ささ》げた日本酒の瓶は、あるにはあったが、それは前回と同じひやおろしだ。

どうやらこの神社に、神職さんはあまり頻繁にはやって来ていないらしい。

可哀想に、昨日降った雨でラベルが剥げかけていたので、俺は瓶を軽く拭いてやり、軒《のき》がしっかり掛かっている奥のほうへと移動させていた。

「相談したいことがあるんですよー。この前みたいな、モヤモヤした弱音じゃないです。明確な悩みと明確な願いがあります。プレゼンさせてください。ね！」

ずしりとした紐を引っ張りながら、俺は懸命に訴える。

この神様が、「うじうじ悩まれても困る、はっきりと願いを言え！」というスタンスの持ち主であるのは、これまでの付き合いから知っている。

きっと、「願い同士を縒り合わせる」という神様の仕事の性質上、明確な願いを寄越されたほうが対応しやすいのだろう。

「店の危機なんですよ。このままじゃ、俺たち店を畳まなきゃいけないかもしれない。だから、とっておきの看板メニューを考えてほしいんです！」

がらがら、がらがら。

鈴音は次第に、年末の商店街の福引きのような速さになっている。

それでも御堂が光らないのを見て、俺は鈴緒を掴む手を緩めた。

「……今日はいないのか。残念だな、せっかくシャンパン買ってきたのに」

足下に置いていた瓶を、賽銭箱の横ではなく、自分の胸元へと引き上げる。

「久保田の祝いを買い直すとき、思い切って奮発した、正真正銘シャンパーニュ地方製のシャンパンだったのにな。キリッと冷やしてきたけど、いないんじゃ仕方ないよな」

フルーティーな味わいを届けたかったけど、持ち帰って俺一人で飲むしかないよな。

そう呟きながら、俺は力なくうなだれた。

——まあ待て。いないとは言っておらん。

途端にぼう……っ、と御堂が光り出したので、ガバッと顔を上げる。

「はい出た！　はい引っかかった！」

――む。神を釣るやつがあるか、この罰あたりめ。

俺が謎の達成感にガッツポーズを決めると、神様はばつが悪かったのか、ちょっと怒ったように告げた。

だがそこはやはり安定の割り切りのよさ。「して、シャンパンとはどれだけフルーティーなのだ」と、すぐに身を乗り出すような素振りを見せる。

俺は嬉しくなって、シャンパンを賽銭箱の横に差し出した。炭酸が抜けてしまうかな、と栓を開けるか悩んでいたら、すでにごくごくと喉を鳴らすような気配がする。

――おお、この発泡感。一気飲みしてなお高貴さを感じるぞ。これがフルーティー……。

神様は、栓を開けなくても酒を飲めるんだったのか。そして一気飲みしているのか。

俺は栓をそのままにすることにして、瓶のそばにしゃがみ込むと、切り出した。

「……さっき言いましたけど、店の危機なんですよ。実は昨日、店に祖父がやって来て」

相手が酒を受け取ったのをいいことに、話しはじめる。

昨日、夏美と同じタイミングで店にやって来たのは、俺のじいちゃん――母方の祖父、江田史則だった。

なんでも、母さんの実家は、代々続くそれなりの名家であったらしく、五十年近くを県庁で勤め上げたじいさんは、地元では大変敬われている人物であるらしい。らしい、とちょっと表現が曖昧になってしまうのは、俺たちがあまり、じいちゃんの家とは密に交流してこなかったからだ。

母さんは三人兄妹の末っ子として生まれ、家族仲も良好だったそうだが、残念なことに、年の離れた兄の奥さんとは壊滅的に相性が悪かった。

兄嫁は大層気の強い人で、小姑《こじゅうと》である母さんにいびられるどころか、家から追い払おうとする始末。それでも長男の嫁は立てねばならん、という田舎《いなか》ならではの空気もあり、母さんは大学から東京に出て、そこで親父と出会ったのだ。

結婚してからの母さんは、もちろんじいちゃんやばあちゃんとは細々と交流していたが、夏休みであってさえ、江田の家に長く帰省しようとはしなかった。

俺たちも幼少時は、母方の祖父はじいちゃん、父方の祖父はじいじと呼び分け、じいじにばかり懐いていたものだ。母さんの言葉からは、いつしか佐賀弁も抜けていた。

だから両親の葬儀のとき、じいちゃんが佐賀から駆けつけ、ぐっと俺の肩を掴んできたときには、その近さと力強さに驚いたほどだ。

「大丈夫か」

と、じいちゃんは低くしわがれた声で尋ねた。

「おまえ一人で、志穂ば守れるとか」

両親の事故死直後の俺は、まだ会社員で、「てしをや」を継ぐ気なんてさらさらなかった。労るというより、凄《すご》むような問いに、だから俺は反射的に答えたのだ。

はい。俺が働いて、志穂をちゃんと守ります。俺の会社、給料はいいほうなんです、と。

じいちゃんは深々と頷き、「困ったら連絡ばしろ」と告げて去っていった。

その後の俺に、「困ったこと」はもちろん起きたが、縁遠かったじいちゃんに頼る発想はなく、幸い周囲にも神様にも恵まれ、今日までの日を駆け抜けてきた。

そうして、両親の一周忌を迎えようとする今、じいちゃんはやって来たのだ。

彼は、定食屋を営む俺たちを見て、こぢんまりとした店内を睨むと吐き捨てた。

約束が違う、店を畳めと。

「じいちゃんに、店を畳ませる法的な権利はありません。でも……聞いたら、『てしをや』の開店費用は、半分くらいじいちゃんが出してたみたいなんです。生前分与で。じいちゃんとしては、それ、あくまで娘が家を建てるときの補助のつもりだったみたいで」

使い途《みち》に法的な拘束力なんてない。

けれど、せっかくの安定した会社員の身分を捨て、いきなり定食屋を始めた娘夫婦の選択は、慣習と秩序を愛するじいちゃんには受け入れがたかったようだ。

以降、両者の関係は険悪なものになった。

せめて孫たちは安定した暮らしを送れるように、と、諸々《もろもろ》の口利《くちき》きだってするつもりでいたが、孫の俺からはちっとも連絡がない。

挙げ句、一周忌を前に娘夫婦の店に足を伸ばせば、定食屋は畳まれるどころか、俺たちによって引き継がれている。

それで、激怒したというわけであった。

「じいちゃんは言うんです。こんな安っぽい、どこにでもあるような店、すぐに埋もれて立ちゆかなくなる。生活が苦しくなってから転職するのでは遅いんだぞ、って」

神様が耳を傾けてくれているのを感じながら、俺はがりがりと頭を掻いた。

「だいぶ高圧的ですよ。感じ悪いですよ。でも、根っこでは孫を思ってくれている気もするし、金のこともあるから、できれば穏便に、落とし所を見つけたいんです」

それは志穂も同じだった。

法事までは都内に泊まる、と言い残して去っていったじいちゃんの後ろ姿を、勝ち気な妹は睨むでもなく、途方に暮れた顔で見守っていた。

「それに、安っぽくて平凡、っていう批判に、俺たちも思うところがなくはないというか。このままで本当にいいのか、って焦りが、にわかに込み上げてきて」

ああ。百の賞賛より、たった一つの鋭い批判が、胸に残ってしまうのはなぜなのだろう。

基本的に自分を追い込むのが好きな俺たち兄妹は、無意識に店を点検しはじめていた。

たしかに、掃除は行き届いて清潔なものの、駅近くになんとか構えた店は手狭だ。

手書きメニューや手作りの装飾品は、味があるものの、安っぽいといえば安っぽい。

窓辺に飾っているのは、季節ごとの生花などではなく、年中同じ、やたら派手な造花籠。

皿も統一感はなく、お品書きだって、まさにどの家庭でも出せるようなものばかり――。

「ひとまず、安っぽい造花の籠をやめてみようか、って言ったんですが、志穂は『お母さんが気に入ってたから』の一点張り。皿を買い換えるのは高くつくし、とすると、特徴的なメニューを考えたほうが早いんじゃ？　と思って。でもそれを提案したら、妹と大喧嘩」

志穂は怒ったが、俺は気にしていなかった。

自説に自信があったからだ。

だって、家では作りにくい献立にこそ、人は店で食べる価値を感じるはずなのだ。

それを提供できれば、きっと「てしをや」の存在意義は高まる。そうだろう？

たとえば、数十種類の野菜を使ったサラダとか、二日煮込んだすじ肉とか。

それか、家庭でなかなか食べないというと、高級素材とか。キャビアか。フォアグラか。

──うーん……。

静かに話を聞いていた神様が、出来の悪いワインを前にした職人のように唸《うな》った。

──迷走、しとるなあ。

「いや、方向性は合ってるはずですって！　安っぽさと平凡さからの脱却。でも俺が根っからの庶民だから、これっていうメニューにたどり着かないだけで」

遠い目をしていそうな神様にすかさず反論し、俺はキリッと告げた。

「なので、願いはこうです。安っぽくて平凡なメニューしか思いつかない俺に、アドバイスがほしい。明確でしょ？　代わりに何をすればいいかは、もちろんわかってます」

俺は立ち上がり、ばっと両手を広げた。

「セレブな魂よ！　さあ来い！」

──おまえなあ……。

神様は、体を伴っていたならこめかみを揉《も》んでいそうな声を漏らしたが、続いて、「こういうときに限って、ぴったりの魂があるのだものなあ」とぼやいた。

「おお！　あるんですね？　さすがの人脈、いや、神脈！　セレブな魂にまで対応！」

——ああ。喜べ。今のおまえにぴったりの魂だ。名は榊宗介《さかきそうすけ》。生まれは、有名な財閥家。父方にイギリスの血も混ざったバイリンガルで、学問、特に数学の才は、高名なアメリカの大学にも認められている。ホテルの一室に住み、ブラックカードを持つ男。

「榊……宗介さん！」

名前まで格好いい響きだ。

凄《すさ》まじい肩書き。俺の生活圏にはまずいなかった人物だろう。

オーダースーツを着こなした、貫禄《かんろく》ある紳士を想像して、思わずごくりと喉が鳴った。

振り向けば、鳥居の下には、すでに白い靄が凝りはじめている。

俺は胸を逸《はや》らせながら近づき、靄が人の形を取るのを見守った。

「おお……」

最初に見えたのは、艶やかに輝く革靴だ。

続いて、仕立てのよいズボン。スーツだろうか、ずいぶん細身だ。

徐々に視線を上げると、思ったよりかなり低い位置で足が終わり、パリッとした白シャツに柔らかそうなベスト、栗色《くりいろ》がかった髪と大きな目が現れ……大きな目？

——なお、年は十三。

「お子様じゃんかぁあああああ！」

どうやっても、しゃれた制服姿の中学生にしか見えない少年が現れ、俺は叫んだ。

「いや都会的だけど！　セレブなオーラ出てるけど！　中学生じゃないですか！」

——安心しろ。少なくとも頭の出来は、年齢もおまえのことも遙《はる》かに超えている。

神様め、さりげに俺のオツムをこき下ろしやがったな。

『このたびは、よろしくお願いいたします』

少年、宗介くんは、涼やかな声で告げる。たしかに大人びた口調だ。

「う……うう、はい……」

対する俺は、大人とも思えぬ曖昧な相槌を打ってしまった。

だって、幼い魂を迎えるというのは、本当に心苦しいことなのだ。

出汁《だし》巻きの龍也《たつや》くんや、茹《ゆ》でとうもろこしのみのり。彼らとの出会いを通して、早くに人生を打ち切られてしまうことが、どれだけつらかったかを考えずにはいられなかった。

「よ、よろしくお願いします……」

だが、すでに呼び出されてしまったものは仕方がない。だいたい、願ったのは俺だ。

『では、フュージョン』

俺の葛藤を知ってか知らずか、宗介くんは静かに歩み寄り、すいと憑依《ひょうい》してくる。

不思議そうに自分の――というか俺の掌《てのひら》を眺めてから、宗介くんは一度だけ瞬きをした。

(……なるほど)

かなり奇跡じみたことをしていると思うんですが、感想はそれだけでいいんでしょうか。

これまでになく無感動な魂に、俺はつい顎《あご》を引いてしまう。

――うむ。静かだ。秋の深まりを感じるな……。

妙なところに秋を感じている神様を背後に、俺は、史上最も淡々としたフュージョンを遂げたのであった。

＊＊＊

「ええとそれで、本題だけど、宗介くんはどんな相手に、料理を振る舞いたいのかな」

（どんな相手、とは。他者の雰囲気を第三者に向けて正確に表現するのは難しいですが）

「え？　いや、『どんな』ってのは雰囲気とかじゃなくて……」

店へと引き返す時点ですでに、俺は宗介くんとの会話の難しさに疲労困憊《こんぱい》していた。

なにしろこの宗介くん、聡明《そうめい》なのはわかるのだが、回答が律儀すぎるというか、こちらが正確に質問しないと、求めていた答えを寄越してくれないのだ。

ほら、イエス・ノーで答えられる質問に結論を出すのは早いけど、ふんわりした質問には脳の演算が止まってしまうというか、そんな感じ。

先ほども、「数学が得意って聞いたけど、どんな分野が好きなの？」と世間話のつもりで水を向けたら、十秒以上考え込まれてしまい、慌てて話題を変えたところだった。

「『どんな相手』ってのはつまり、『誰に』って意味。誰に料理を振る舞いたいの？」

（おばさんです）

答えたら答えたで、回答が端的なうえ、感情が乗っていないから、意味が取りづらい。

素っ気ない呼び方に、もしや「近所のおばさん」程度の相手なのだろうか、と勘繰《かんぐ》って しまった俺は、彼が意図するのが「伯母《おば》の大木夕子《おおきゆうこ》さん」だと特定するのも一苦労だった。

なんとか話を聞き出したところ、彼の亡くなった経緯と未練とは、こんなものだ。

宗介くんは、世界を股に掛ける実業家、榊丈治《ジョージ》の息子として生まれた。

母親は、下町の商店街にある弁当屋の娘だ。

二人は大恋愛の末、家格差を乗り越えて結ばれたはずだったが、俗に言う「玉の輿《こし》」に乗ったお母さんは、結局、上流階級社会というものに馴染みきらなかった。

宗介くんが生まれた後、夫婦は徐々に距離を取るようになり、辛うじて離婚だけはしないまま、それぞれ海外に別居しているという。

宗介くんは、置いて行かれるようにして、国内の寮付きの私立中学校に入れられた。

その中学校は、イギリスのパブリックスクールを日本で初めて本格的に再現した、と有名なところだ。おそらく、イギリス人とのハーフだという、父親の影響なのだろう。

世界と肩を並べる、というのを売り文句にしているその中学校は、数学オリンピックで優勝する頭脳を持つ宗介くんを、諸手を挙げて歓迎した。

寮でも個室が与えられ、三食完備。

悠々とした生活を送っていたらしい。

「いやー、世界が違うわ……。中学生でも、東大合格とか余裕だったんじゃない？」

（いえ。僕のクラスからは、東大を目指す人はほとんどいませんでした。特進科の生徒はたいてい、ＭＩＴやオックスブリッジあたりを志望していたので）

俺の思う最高学府は、彼には滑り止めですらなかったらしい。泣いていいだろうか。

宗介くんたちが属する特進科は、勉強が最優先。

体育祭や合唱祭、遠足といったものもなかったそうだ。

級友というより、同じ車両に乗り合わせた者同士、くらいの連帯感だったと、宗介くんは淡々と語った。「僕、電車に乗ったことあるんです」と厳《おごそ》かに付け加えるのが、どこか自慢げに聞こえるほど、彼は浮世離れした生活を送っていたようだ。

さてそんな圧倒的エリートの宗介くんだが、長期休みには寮を離れなくてはならない。

毎度海外渡航するのを億劫《おっくう》がった彼が身を寄せたのは、学校のほど近くに住む伯母の家だった。

下町で弁当屋を営んでいた母の姉、つまり、「弁当屋の夕子おばさん」である。

夕子さんは大層温かな人物で、子どもがいたらこんな感じだっただろうかと、宗介くんを実の息子のように可愛がってくれたという。

長期休暇中の世話はもちろん、学校が再開しても、時々下町から自転車を飛ばし、弁当を届けてくれたそうだ。

（よく昼食を取るのを忘れてしまうと言ったら、弁当を持たせてくれるようになりました。授業の合間にカフェテリアに向かうのが億劫だったので、助かりました）

宗介くんはやはり、淡々と告げる。彼なりに、夕子さんに感謝しているようだった。

一年以上続いていた弁当の差し入れだが、しかし、数ヶ月前、夏休みの終わり頃、夕子さんがそろそろやめてもいいだろうかと切り出してきた。

どうやら負担だったらしい。

宗介くんはそれを聞いて、もしや長期休みのたびに家に居座ること自体、相当迷惑だったのではないかと思い至る。

そこで、父から宛がわれていたホテルに移り、残る夏休みをそこで過ごした。

食事はルームサービスで済ませていたらしい。

そして迎えた始業式前日。

荷物をまとめて寮へ戻ろうとしたその日、宗介くんはふと、タクシーではなく、電車で学校に向かってみようと思い立つ。

ところが歩道橋についたとき貧血を起こして足を踏み外し、運悪く死亡したそうだ。

(死亡したのがたまたま始業式の前日だったので、自殺説が流れてしまったようです。学校でいじめられていたのではないか、と。事実無根なのですが)

親は青ざめ、それ以上に夕子さんは、すっかり心を参らせてしまった。

警察によって、自殺ではなく事故死だと結論付けられた今となっても、まだ自殺の疑いを捨てきれず、「なぜ気付けなかったのか」「私のせいだったのかもしれない」と自分を責めているらしい。

筋違いの罪悪感に苦しんでいる夕子さんに、そうでないことを伝えたい。

日々やつれていく伯母に、食事をきちんと取ってもらいたいと、宗介くんは言った。

「そっか。今夜は夕子さんに、ゆっくり寛《くつろ》いで、飯を食ってもらいたいね。頑張ろう」

（いえ、ゆっくりされたのでは困ります）

俺なりに宗介くんを励ますつもりで拳を握ったのだが、彼はあっさり首を振る。

（座り込まれたくありません。料理も、何か適当な箱に詰められますか？）

そんな、客を店から追い払うみたいなことを言う。

もしや宗介くんは、夕子さんを元気づけたいわけではないのだろうか。

困惑した俺は、そういえば彼の作りたいものがなにかを聞いていなかったぞと、今さらながら思い至った。

「宗介くんの振る舞いたい料理って、なんなんだ？」

（振る舞いたい料理というわけではありません。自分が食べたい料理です）

「そ、そうか。じゃあ、宗介くんが食べたい料理って、なに？」

相手の好物ではなく、自分の好物ということか。

正確さを求められる会話に顔を引き攣《つ》らせつつ、俺は内心で答えを予想してみせた。

亡くなる直前まで一流ホテルのルームサービスを堪能《たんのう》し、それ以前も有名私立中学校のカフェテリアで食事していた宗介くん。彼の好物とはなんだろう。

やはり、キャビアのカナッペか、フォアグラか、いやいや、銘柄牛のステーキか。

(のり弁です)

「まさかの⁉」

宗介くんの佇まいと、もたらされた答えのギャップに、思わず仰《の》け反《ぞ》りそうになる。

だってのり弁と言えば、庶民の味の代表格というか。

だがすぐに俺は、夕子さんが時々弁当を届けてくれていた、という彼の話を思い出した。

きっと、思い出の籠もった品なのだろう。

上流階級の甥《おい》から庶民の伯母さんに対する、命懸けの嫌味だとかではないと、信じたい。

信じよう。信じるからね、宗介くん！

俺は「わかった」と頷くと、店へと戻る足取りを速めた。

(一番好きな線は放物線です)

しばらく黙って歩いていると、ふいに宗介くんが呟く。

へ？ と首を傾げると、彼は付け足した。

(軌道の演算が好きでした)

そこでようやく、五分ほど前の「数学のなにが好き？」という俺の質問に答えているのだと理解する。

宗介くんはきっと、「正確な」答えを、ずっと考え続けていたのだ。

「そっか」

緩く口角が上がる。彼がのり弁を選んだのは、負の感情によるものなんかではけっしてないと、なぜだかごく自然に確信できた。

「さあ、店に着くぞ。のり弁作り、頑張ろうな」

しんと冷えた夜道の先に、「てしをや」の看板が見えてきた。

＊＊＊

店の裏扉をくぐり、灯りを入れて手を洗った時点では、のり弁作りは、長くても炊飯後十分程度で完了する目算であった。
だって、のり弁だ。要は白飯を箱に詰めて、のりを載せて、醤油でも回しかければ済むんだろう？
よしんばちょっとした捻り――味のりを使うとか、鰹節《かつおぶし》を混ぜるとか――があったとしても、宗介くんも「記憶力には自信があります」と言っていたから、詳細に作り方を教えてもらえると思っていたんだ。
ところが――俺たちののり弁作りは、飯が炊けてから一時間経っても、いまだ暗礁《あんしょう》に乗り上げたままだった。のりだけに。

「宗介くん、これでどうだ！　今度は醤油に一瞬浸《つ》けたのりを載せてみたんだけど！」

（ん……味の均質感はだいぶ近いですが、違いますね。箸《はし》で持ち上げたときの抵抗が）

それというのも、実際に調理に立ち会ったわけでない宗介くんは、「夕子おばさんののり弁」の作り方を知らなかった。

そして知らないくせに、やたら細部までこだわるのだ。

たとえばのりの厚み、醤油の甘みや塩みのバランス、果てはのりの均質さまで。

たしかに素晴らしい記憶力だ。

素晴らしい記憶力だけど……どうか想像してみてほしい。「合っているかそうでないかだけは微細なレベルまでわかる」ものの「具体的にどうすればいいかはわからない」人間に、一時間ダメ出しをされ続ける俺の気持ちを。

ここまでで、どうやらのり弁は三層構造であったところまでは突き止めた。

まずは白飯を敷き詰め、しかる後にのり——味のりではなく焼きのり——を載せ、醤油の味を染みこませる。これを最下層とする。

その上に再び白飯を敷き、今度は鰹節をまぶして醤油を加えていたようだ。これが中層。

最上層として白飯とのりを載せた後、仕上げに、そぼろや鮭フレーク、またはちくわ天などの揚げ物を載せる。これで完成。そこまではわかったし、幸運なことに鮭フレークも店で使っているのとまったく同じものだった。

だが、宗介くんに言わせれば「同一ではない」そうなのだ！

口に運んだときの歯ごたえ、醤油の味、香り、それらを感じる順番が違うらしい。

おそらく、醤油の味かそれを掛けるタイミング、または掛け方が重要なのだと思うのだが、いかんせん方法がわからない。

俺たちは、鰹節に醤油を染みこませてみたり、白飯に直接回しかけてみたり、のりを醤油にくぐらせてみたりと、ありとあらゆる方法を試したが、いまだ「正解」にたどり着けないのであった。

「うう……宗介くん。識別性、独自性にこだわる君の気持ちはわかるよ。俺だって、夕子さんの気持ちを動かすにはそれが必要だと思う。でもさ、もっと違う方法で、オリジナリティって高められないかなあ」

俺はとうとう醤油の瓶を手放し、調理台に両手をついた。

見れば、試作用の炊飯器で多めに炊いたはずの飯も、あと一回分ほどしか残っていない。弁当箱代わりに引っ張り出した、プラスチックパックだって、もうあと一つだけだ。

次で決めなくてはならない。

追い詰められた俺が弱音を吐くと、宗介くんはしばし考え込み、「閃《ひらめ》きました」と力強く告げた。

「えっ、閃いた⁉　思いついた⁉」

俺は喜色を浮かべて宗介くんに体を明け渡したが、彼が手を伸ばした先は、なぜかペン立てだ。

レジ横に置いてあるペンと、正方形の付箋《ふせん》を取り上げると、彼は「ザ・理系男子の筆跡」と呼びたくなるこまこました文字で、「夕子おばさんののり弁です」と書き記した。

俺はたっぷり三秒くらい、黙って付箋を見つめた。

「……ええと？」

（このように明記してパックに添えれば、こののり弁は、おばさんののり弁として定義されます）

されないよ！

声を大にして突っ込みたかったが、宗介くんが真剣なのがわかるので、頭ごなしに否定するのも気が引ける。

どうしよう、彼って独特だ。

（さらにこの通り、うさぎのイラストも付加し、独自性を増強します）

「……うさぎ？」

（はい。おばさんはうさぎが好きです）

口の裂けた熊かと思ったよ、なんて、口が裂けても言えないよな。

俺は、ぎこちない手付きでペンを走らせる宗介くんを前に、沈黙を守った。

まずいぞ。このままでは、夕子さんを励ますのり弁には、たどり着けない気がする。

「ええっとさ、これは汚れちゃいけないから、いったん冷蔵庫に張っておこうか――」

ひとまず定義作戦は制止しようと、付箋を冷蔵庫に移動させた、そのときだ。

ガタッ！

玄関扉の向こうで鈍い音が響き、宗介くんが俺の体でぱっと顔を上げた。

（来ました。夕子おばさんです）

「えっ？」

もう来てしまったのか。完成していないのに！

というか、今の音はなんだったんだろう。俺が怪訝に思っていると、宗介くんが急いた足取りで扉に向かいながら、さらなる衝撃発言を寄越した。

（おばさん、倒れたみたいです）

「ええっ⁉」

大変じゃないか。どうしよう、初めての展開だ。

「どうしましたか⁉」

慌てて扉をガラリと開けると、傘立てに額《ひたい》と両手を預けて、中年女性が蹲《うずくま》っている。

中肉中背の体つきに、ひとつ結びにした髪、控えめな色のセーター。

彼女が、下町で弁当屋を営むという、大木夕子さんなのだろう。

どうやら、しゃがみ込んだ拍子に、体を扉にぶつけたようだった。

夕子さんは声を聞くと、ふらりと顔を上げた。

「すみません、貧血で……、ちょっと、目眩《めまい》が」

意識はしっかりしているようだが、気分が優れないらしい。

「悪いんだけれど、このまま外で、少し休ませてもらっても――」

「いえ、よかったら中で休んでください！　外、寒いですから！　移動できそうですか？」

遠慮がちな頼みを遮るようにして、申し出る。

ええと、貧血のときって、どうするんだっけ。とにかく安静に……体を横たえる？

（横にならなくても大丈夫そうなので、テーブルに頭を伏せて座らせてあげてください。服を緩めて、あとは、温かくして血流の改善を）

わたわたとしていると、脳内に滑らかな指示が響く。

（僕も貧血持ちだったので、わかります）

宗介くんはきっぱりと言い切ると、夕子さんを支え、店内の椅子の一つに腰掛けさせた。そこでバトンタッチし、俺は暖房の温度を上げ、客用に一つだけ常備してあった膝掛けを肩からかぶせる。

幸い、夕子さんの貧血は軽いものであったらしく、俺が温かなほうじ茶を差し出す頃には、だいぶ顔色が戻っていた。

彼女は「もう大丈夫」と膝掛けを丁寧に畳むと、一本にひっつめた髪がちょんまげに見えてしまうくらい、深々と頭を下げた。

「ごめんなさいね。すっかりご迷惑をお掛けしちゃって」

「いえいえ！　全然気にしないでください。他にお客さんもいませんし」

恐縮した様子の夕子さんに顔を上げてもらって、俺は背後の調理台を指差す。

「この通り、店はもう仕舞っちゃって、弁当の試作をしてただけなんで――」

フォローのつもりで言ってから、しまったぞと言葉を途切れさせた。

普通なら、「こんな品がちょうど出来上がっているので、お一ついかがですか？」と勧める流れだ。だが、今回については、肝心の「夕子さんののり弁」が完成していない。

「あら。のり弁……かな？」

「ええっと、そうですね、のり弁なんですが、その」

軽く身を乗り出し、調理台に散乱する「のり弁」を覗き込んだ夕子さんに、俺はなんと告げたものかと冷や汗を滲ませた。

宗介くんと夕子さんの思い出の品。

やはり、中途半端な状態で差し出してはだめだよな。

「まだ、試作中でして……その、再現したい味があるんですけど、どうしてもこれ、っていうのに行き着かないんですよね。いろいろと方法は試してるんですが」

(閃きました)

とそのとき、脳内の宗介くんが厳かに告げる。

(夕子おばさん本人に、のり弁を作ってもらいましょう)

なるほど、その手があったか——って、夕子さんに任せちゃっていいんかい！

俺はツッコミかけたが、一拍置いて、それはたしかに名案だぞと、再度思い直した。

これまでの魂が「自分の作った料理を相手に」振る舞ってきたから、すっかりそれが前提のように思っていたが、べつに神様にそう指示されたわけではないのだ。

俺は覚悟を決め、わざとらしさを承知で溜め息を吐いてみせた。

「いやー、困ったな。どうしても再現したいんですよねぇ、弁当屋さんののり弁。違うことはわかるけど、どうしたらいいかわからないんだよなぁ。誰か教えてくれないかなぁ」

調理台に並ぶ試作品を背後に、「ああ」と額を押さえまでしてみせる。

「三層になってて、二層目には鰹節が入ってて、てっぺんには鮭フレークが載っている。そんな最高ののり弁を、今、どうしても、無性〜に食べたくて、頑張ってるんだけどなぁ。なんか、細かいところが違うんだよなぁ」

「あの……」

やたら大きな独り言を聞くと、夕子さんは、畳んだ膝掛けと俺を交互に見つめ、やがて、おずおずと切り出した。

「もしよかったら、……我が家のやり方を、教えようか？」

「本当ですか⁉」

「お望みのお弁当とは違うかもしれないけど、作り方がよく似てるから、参考に。休ませてもらった御礼になればと……」

夕子さん、なんて律儀な人なんだ。

それとも、もしかしたらこれも、神様の計らいなのかもしれない。

「え、いいんですか⁉ いやー、嬉しい！ お客さんにお願いするなんて恐縮ですが！」

俺がガバッと身を乗り出すと、夕子さんが気圧《けお》されたように顎を引きながら、「大木です」と名乗る。

「実は私、まさに弁当屋さんをやってるの。とはいえ、一般のお家《うち》で作るような、素朴なお弁当ばかりだから、べつにコツもないし、教えるほどのものでもないんだけど……」

「いいえ、ぜひ教えてください！ 食べたいです！ 俺、大木さんの弁当が食べたい！」

この機会を逃してはならじ。

俺が両手を取らんばかりの勢いで告げると、夕子さんは、なぜだか一瞬、眩《まぶ》しそうに目を細め、それから苦く笑った。

「そう？ じゃあ……気に入ってもらえたらいいな」

小さく、まるで祈るような声だった。

コツがない、なんて言っておきながら、夕子さんののり弁は、随所に工夫と、思いやりが籠もるものだった。

＊＊＊

その証拠に、早速パックにご飯を敷き詰めようとした俺たちに、彼女はまず、焼きのりを切って、刷毛《はけ》を用意するように言った。

「のりは角切りにしておいたほうがいいわ。出汁醤油も、じゃっと回し掛けると味にムラが出ちゃうから、刷毛で塗ったほうが、どこから食べても美味しく感じるよ」

テーブルからカウンター席に移動した夕子さんは、軽く身を乗り出し、調理台に転がっていたキッチンばさみを指差す。

「え、のりって、切るんですか？」

「うん、うちはね。ほら、のりって、大きい一枚の状態でご飯に挟まれてると、お箸で一口だけ掬おうとしても、びろーんって一緒についてきちゃって、食べにくいじゃない」

そのため夕子さんは、最下層と中層までは角切りにしたのりをばら撒《ま》き、一番上にだけ見栄えよく、一枚のりを配置していたらしい。

その一枚のりの上にも鮭フレークやそぼろを載せて、うっかり一枚のりを一口で食べてしまったあとも、味を楽しめるようにしていたそうだ。

「それに、一番上にのりをむき出しで置くと、蓋にびろーん、ってくっついちゃうのよね」

「なるほど……」

奥が深いぞ、のり弁。

宗介くんが言っていた「醬油味の均質感」だとか「箸にかかる抵抗」とはこのことだったのかと、俺は納得する思いだった。

「あとね、出汁醬油をよく吸ってくれるから、私は、鰹節は粉状まで細かくしたほうが好き。鰹粉がなかったら、袋越しに鰹節を揉むといいよ」

ええっと、と俺が業務用の荒削りの鰹節を前に慌てていると、夕子さんはうずうずしたように「ちょっとごめんね」と、カウンター越しに袋へと手を伸ばしてくる。

ビニール袋に移した鰹節を、節くれだった手で揉むと、見る間に粉状になった。

「はい、こんな感じかな。——あっ、待って、お醬油だけだと味がきついから」

ついで、俺が醬油の皿に刷毛を浸そうとしているのを見ると、立ち上がる。

「ごめんね。ちょっと、ちょっとだけ、味、させてくれる？」

彼女は、いてもたってもいられぬ様子で醬油に手を伸ばすと、躊躇いがちに申し出た。

「他人様のお店で悪いけど……、ちょっと、厨房にお邪魔してもいい？」

（よろしくお願いします）

「ぜひお願いします」

宗介くんと俺は揃って頭を下げた。

夕子さんは「ごめんね」と一声断り、とうとう厨房へと回ってきた。

遠慮が徐々に取れ、次第に、本来の世話焼きな性格が戻ってきたようだ。

彼女は無意識ならではの滑らかさで手を洗うと、醤油とみりんのボトルを掴み、小鍋の上で、迷いなくそれらを傾けた。

「みりんでちょっと甘く風味をつけて、あとは麺つゆで出汁っぽくすると、冷めても美味しいの。麺つゆ、ちょっと借りるね」

時江《ときえ》さんのときも思ったが、料理に慣れた人って、どうして調味料のボトルを豪快に傾けておきながら、ぴたりと味を決められるのだろう。

傍からは「どぽっとボトルを傾けた」としか見えない計量方法で、夕子さんは出汁醤油の味を調《ととの》え、軽く火にかけてアルコールを飛ばした。

「うん、いい感じ」

スプーンで味見させてもらうと、たしかに、醤油特有のつんとした塩辛さが取れて、まろやかな味わいに仕上がっている。

夕子さんはそれを刷毛に取ると、白飯の上に撒いた角切りのりに、素早く塗っていった。

「それで、この上にご飯を載せて……うーん、ちょっと載せすぎかな。もう少し薄く」

（では、高さ一・五センチに揃えてみます）

俺の中に入った宗介くんが、即座に応じる。

口調もあまり変わらないが、いそいそとしているように思えた。

俺は返事以外をすべて宗介くんに委ね、二人が繰り広げる料理教室を見守った。

中層の白飯を敷いたら、上には惜しみなく鰹粉をまぶす。そこに再び角切りのりを載せ、出汁醤油を刷毛でたっぷりと塗り込む。

最上層の白飯には、今度は一枚のりを置き、出汁醤油を塗る代わりに鮭フレークをまぶせば――。

「うん、完成」

夕子さんののり弁の完成だ。

透明なパック越しに、きれいに積み重なった飯とのりと鰹粉の層が見える。

試作品に比べ、一気にレベルを上げた完成品を見て、俺は思わずごくりと喉を鳴らした。

しっとりと濡れたのりと、ピンク色に輝く鮭フレーク、そしてその隙間から見える、飯をじんわりと染める出汁醤油の茶色。なんとも食欲をそそる色合いだ。

「こんな感じでよかったかな。どうぞ、めしあがれ」

夕子さんは照れたように笑って、手を洗うやカウンター席へと戻ってしまう。

俺は、思わずそのまま箸を突っ込みそうになりつつ、我に返って顔を上げた。

「あの！　よければこれ、大木さんも食べてくれませんか」

だってこれは、もともと、宗介くんが夕子さんに振る舞いたかったはずののり弁だ。

だがそうすると、「俺がどうしても食べたかったから弁当を作っていた」という設定が崩れてしまうため、俺は言い訳に頭を捻った。

「ええとほら、一緒に味を検証してほしいというか。半分とか、一口でもいいので。そう、お客さんが食べずに、店員の俺だけが食べるのっておかしい、っていうか」

しどろもどろに告げると、夕子さんは軽く目を見開き、すぐに噴き出す。

「逆に気を使わせちゃってごめんね。なら、一口、分けてもらおうかな」

そういえば、朝から食べてないんだった、と、思い出したように呟く彼女に、宗介くんが軽く眉を顰《ひそ》めて言う。

（そんなことだから、貧血で倒れるんです。次は歩道橋から落ちますよ）

自虐的な非難に、どう反応すればいいのかわからなかったが、なんだか息子と母のようだと俺は思った。

弁当の半分を深皿に移し、夕子さんの前に置く。

俺は調理台の丸椅子に腰掛け、「いただきます」と二人声を揃え、一口を大きく箸で掬い取り――。

「ふめええ……！」

俺は唸った。

のり弁って、こんなに美味かっただろうか。

べつに、噛むたびに肉汁が飛び出るわけでも、サクサクとした食感の楽しさがあるわけでもない。なのに、いや、だからこそ、素材それぞれの味がしみじみと嬉しかった。

真っ先に舌に感じるのは、のりに染みこんだ出汁醤油のまろやかな塩気、そして鰹粉の豊かな風味だ。

塩辛すぎず、かといってべたつく甘さでもなく、絶妙な甘じょっぱさが口いっぱいに広がる。茶色い料理って、どうしてこう、安心感があるんだろう。ずっと食べていたくなるような。

一拍遅れて、飯の一粒一粒を噛むたびに、素朴な甘さを感じる。

そうだ。新米ってこんなにふっくらしてるんだよな。白いままの飯はつるりと甘いし、のりに触れた部分は、噛めばじんわり塩味がする。

茶色い飯に当たると、お得な気分だ。

そうだった、俺も母さんののり弁を食うとき、わざわざ茶色い部分を、最後に取っていたっけ。

もぐもぐと噛み締め、のりと鰹粉、飯の味が混ざり合うのを楽しむ。

（哲史さん。鮭フレークも）

宗介くんからのリクエストに応え、今度は鮭フレークも一緒に掬って食べると、鮭の脂と塩気がじゅわりと染みだし、堪らなかった。

のりもくたりと柔らかくなって、一層味が濃く感じる。

今はまだ飯がほんのり温かいけど、きっとこれ、冷めてもうまいんだろうな。

「うまい……うまい……」

同じ言葉を繰り返してばかりの俺に対し、宗介くんは無言で頷くだけだ。

だが、体を共有している俺には、彼が今、嬉しそうに頬を緩めているのがわかった。

求めていた「夕子さんののり弁」に、とうとうたどり着いたのだ。

「よかったわ。気に入ってもらえたみたいで」

がつがつと箸を動かす俺とは裏腹に、夕子さんは静かに微笑むだけだ。

のり弁も、一口味見したきり、彼女はすぐに箸を置いてしまっていた。

「いや、だって本当にうまいですもん。宗――、俺は、この味をずっと求めてたんです！」

夕子さんが反応を見せたのは、彼女自身がのり弁を食べたときより、むしろ、俺が身を乗り出したときのようだった。

「――……」

「めっちゃうまいです。この、大木さんののり弁、毎日でも食べたい」

なぜなのだろうか。夕子さんは少しだけ息を詰まらせ、それからくしゃりと顔を歪める。

「……そう？」

　嬉しいな。

　そう返す声は微《かす》かに震え、小皺の寄った目元には、じわりと、涙が浮かんだ。

「ご、ごめんなさいね」

　突然出た涙に、自分でも驚いたのだろう。

　夕子さんは慌てておしぼりを取り、目尻を拭う。

　何度も瞬きをして涙を散らすと、彼女はごまかすように微笑んだ。

「そんなに褒めてもらえるなんて思わなかったから、感動しちゃった」

　違う、と、本能的に悟る。

　彼女が涙したのは、予想外の褒め言葉を喜んだからではない。

　今の言葉が、彼女の心の奥底にある、柔らかな部分に触れたからだ。

「……そんな。大木さんののり弁を、うまいと思わない人なんていませんよ」

「そんなことないわよ。こんな、庶民臭いお弁当……」

　夕子さんはなにを感じているのだろう。なにを思い出したのだろう。

　俺が慎重に語りかけると、夕子さんは目を伏せて首を振る。

　口元には、彼女にはあまり似つかわしくない、自嘲の笑みが浮かんでいた。

（誰がそんなことを言うんですか）

宗介くんが不快そうに眉を顰める。

まったく同感だった俺がそれを伝えると、夕子さんは苦笑しようとし、しかしうまくいかなかったらしく、途中で唇を引き結んで、再び目元をおしぼりで押さえた。

しばし空間に満ちる、沈黙。

俺が掛ける言葉を探しあぐねていると、やがて夕子さんのほうが、空気を察知して顔を上げる。彼女は「ごめんね、急に」と詫び、言い訳をするように笑みを取り繕った。

「私には、すごく、すごーくセレブな……王子様みたいな甥っ子がいてね」

冗談めかしているが、声がほんの少し、掠れている。

「放っておくと食事を忘れちゃうような子だから、のり弁を持たせてたんだけど……余計なお世話だったのかもな、って最近思い知らされたことがあって。それで、ちょっと自虐的になっちゃった。ごめんなさいね」

（いつ誰がどこで、余計なお世話なんて言ったんです？）

宗介くんが、静かな怒りを湛えはじめている。

それを肌で感じ取った俺は、「詳《くわ》しく聞かせてもらえませんか」と夕子さんに問うた。

「こんなうまいのり弁を、余計なお世話なんて言うやつがいたら、俺がしばいときます」

八割ほど本気で伝えると、夕子さんは目を瞬かせ、それから、まるでなにかに肩を押されたかのように、ぽつりぽつりと語り出した。

「その子が言ったわけじゃないのよ。彼――甥っ子は、すごく優しい子だったもの」

躊躇いがちな彼女の話をまとめると、このようなものだった。

夕子さんの妹、凪子《なぎこ》さんは、金持ちの男に見初められて結婚。翌年に息子――宗介くんを産むが、生まれも育ちも違う夫婦はそりが合わず、やがて仮面夫婦となってしまう。

息子が成長すると、全寮制の学園に放り込み、自分たちは海外で別居してしまった。

全寮制だし、息子はしっかりしているから大丈夫と妹夫婦は割り切っていたが、下町の商店街で、大勢の大人に可愛がられて育ってきた夕子さんは、それを見ていられない。

迷惑かも、と躊躇いつつも、幼い頃から宗介くんをよくご飯に誘い出し、全寮制の中学に入ってからも、たびたび校門前まで押しかけては、弁当を押し付けた。

宗介くんには面倒くさがり屋なところがあって、カフェテリアまで行く手間を惜しんで、すぐに昼を抜いてしまうからだ。

「あの子、貧血持ちのくせに、すぐ食事を抜くんだもの。野菜も嫌いだし。でものり弁なら、好きみたいだったから。のりって、海藻の中ではかなり鉄分が多いのよ」

すごく頭がいいくせに、私生活はどこかぼんやりしている宗介くんを、夕子さんは放っておけなかった。

長期休暇になると自宅に呼び寄せ、夫が呆《あき》れるくらいに世話を焼いた。

食卓を囲みながら一緒にテレビを見る、他愛のない時間。

ＣＭというものの存在に釘付《くぎづ》けになったり——それまで宗介くんはリアルタイムでテレビを見たことがなかったそうだ——、電車の乗り方に戸惑ったりと、庶民の生活に宗介くんはいちいち驚いていたが、人とは少しズレた彼の間合いが、夕子さんは可愛くて仕方なかったという。

「いつも淡々としているし、会話の途中でいきなり黙り込むこともあるから、人が嫌いなのかな、って誤解されがちなんだけど、そうじゃないのよね。無感動に見える表情の下で、いろんなことを感じて、時間を掛けて丁寧に答えを探しているの」

たとえばある日、親子がメッセージをやり取りする感動的なＣＭを前に、夕子さんが涙ぐんだのに対し、宗介くんは冷然と受け流しているように見えた。

だが数日後、調理台に置いてあった弁当箱を見て、突然涙をこぼしたらしい。聞けば、ＣＭの内容を思い出したというのだ。

夕子さんなんて、ＣＭの存在も忘れていたのに。

「頭の回転が速いって、人は言うんだけど。私はむしろ、あの子の、ちょっとゆっくりで、律儀なところが好きだった」

取っつきづらい、と夫などは称したが、夕子さんはまったくそうは思わなかった。

逆に、宗介くんを実の息子と思い込み、溺愛《できあい》してしまわないかのほうが心配だった。

彼はあくまで、妹の子なのだから。

だからこそ、寝ぼけた宗介くんが、自分を「母さん」と呼んだときには、「私はおばさんよ」と諭《さと》した。

ちゃんと線引きはしているつもりだった。

「……でも、調子に乗ってたのかなぁ」

夕子さんはそこでふと視線を落とし、再び目を潤ませた。

「あるとき、甥っ子の父親から、電話が掛かってきたの。弁当を押し付けるなって」

弁当の差し入れを始めてから一年以上が経った、夏休みの終わりのことだ。

宗介くんの父親は、学校から請求された食費が安すぎることを疑問に思い、そこでようやく、息子がカフェテリアの食事ではなく、伯母の弁当を食べていることを知った。

そうして、非難の電話を掛けてきたのだ。

余計なことをしてくれるな。

万が一のことがあったらどうしてくれる。

だいたい、権威ある私立中学に、みすぼらしい庶民の弁当を持ち込ませるなんて――。

頭の中の宗介くんが、流暢《りゅうちょう》な、そして際どい英語で父親を罵《ののし》った。

だがそれを聞き取ることのできない夕子さんは、罪悪感に歪んだ顔を、力なく両手に埋めていた。

「妹には話を通していたけど、学校への説明は自分でする、って甥っ子が言ってたから、任せてしまっていたの。食事の持ち込みは、大人が筋を通すべきだったのに。夫にも叱られた。甥を自分の子ども代わりにするなって。私、頭が真っ白になっちゃって……」

自分のしてきたことは、母親面をした、迷惑行為でしかなかったのだろうか。

宗介くんの父親からは、弁当、それものり弁なんてものを食べていては、「周囲から浮く」と怒られた。

これで息子がいじめにでも遭ったら、おまえのせいだと。

足下から崩れ落ちそうな心地がした。宗介くんに申し訳なくて堪らなかった。

だが彼に面と向かって「私のお弁当って、迷惑？」と聞くことはできなかった。

だから夕子さんは、好きな弁当を尋ねる態《てい》で、弁当を気に入っているかどうかを問うた。

そして——長い沈黙の後に返ってきた答えは、「考えてからお返事します」だった。

返事に衝撃を受けた夕子さんは、二学期以降の弁当作りを辞退することにする。

決意を告げると、宗介くんは頷き、すぐに家を出ていった。

庶民の家で過ごさせること自体も、彼には負担だったのかもしれないと、甥の後ろ姿を見た夕子さんは思った。

彼と自分では、住む世界が違うのだ。勝手な愛情や価値観を押し付けて、迷惑を掛けることがあってはいけない。そう固く誓った。

「……でも、遅かったみたい」

決意から数日後、始業式の前日、状況は急変する。

寮への帰路についたはずの宗介くんが、歩道橋から落ちて亡くなったのだ。

警察は、監視カメラの映像や当時の状況から、貧血を起こして転んだのだろうと結論付けたが、宗介くんの両親、そして夕子さんは、自殺を疑わずにはいられなかった。

だって、車での送迎に慣れていたはずの彼が、なぜわざわざ電車を使う必要があったのか。しかも、始業式の前日、学校がある方面とは異なる駅に向かってまで。

不可解な行動は、彼が学校に戻りたくなかったことの証明ではないのか。

「もし、あの子……甥っ子が、学校でいじめられていたなら」

口元を押さえた夕子さんの両手は、カタカタと震えていた。

「私の作ったお弁当のせいで、からかわれたり……嫌な思いをしていたなら。私は、取り返しのつかないことを、しちゃった」

涙ぐむ伯母を前に、宗介くんは、いいえと素早く身を乗り出す。

(いいえ。クラスメートたちは、いじめなんて起こすほど、互いに興味を持つ人間ではありませんでした)

少しだけ早口の、上擦った声には、きっと彼にとって最大値の必死さが込められていた。

「私、自己満足で……。あの子を少しなり満たしてあげられた、なんて思い上がって……結果、み、みすぼらしい、お弁当を押し付け続けて」

（違います。夕子おばさん。僕は、本当に嬉しかった）

「嫌な思いをさせちゃったかな。ずっと、我慢してたのかな」

（違う）

こんなにも近くにいるのに、こんなにも切実な声なのに、宗介くんの言葉は届かない。

俺が、「そんなことはないと思いますよ」と伝えても、夕子さんはぶるぶると首を振った。

「ほかになにか……原因があったのかも、しれない。でも、それ以外には、心当たりもないの。私は結局、ちっとも……あの子のことを、わかってなかった……っ」

ぐぅ、と唸るように喉が鳴る。

夕子さんは鼻を啜り、手首の裏側で溢れる涙を何度も追いやった。

「ぐるぐる、考えちゃうの。あの子は死ぬ直前、痛かったかな。悲しかったかな。ちゃんと食べていたのかな。寂しくなかったかな。ど、どんな気持ちで。たった一人、ホテルで。私みたいな……ろくでもない大人のせいで、あの子は」

最後の言葉は、引き攣った嗚咽で掻き消されてしまう。

泣き崩れる夕子さんを、宗介くんは拳を握って見下ろしていた。

（……哲史さん。夕子おばさんに、こう言ってくれませんか）

やがて彼は、熟考を重ねてきた数式を証明する人のように、慎重に、何度も考えをなぞるようにしながら、俺に告げた。

（僕は、おばさんと、おばさんの作る弁当が、本当に好きでした）

じわりと、目頭が熱くなる。

喉の奥がつんとして、彼が泣きそうなのだとわかった。

（僕があの日、電車を使って、知らない駅に降りたのは……弁当箱を買うためでした）

予想外の言葉に、俺は思わず顔を上げる。

だが宗介くんはそれに構わず、徐々に口調を早め、まくし立てるように説明した。

夕子さんの弁当が本当に嬉しかったこと。全寮制私立中学の級友は、たしかに金持ちの息子が多かったが、たいていは複雑な家庭環境を持つ者ばかりで、手作り弁当は羨まれていたこと。弁当は彼の誇りで、だから夕子さんが弁当作りを辞退してきたときには、心底焦ったこと。一度は従ったが、ホテルのお高くとまった食事に辟易《へきえき》し、なんとか考え直してもらえないかと作戦を練っていたこと。

そう。宗介くんは、夕子さんに弁当作りを続けてほしくて、行動を起こしたのだ。

（僕は弁当箱を買って、手紙を入れるつもりでした。『おばさんの弁当が食べたいです』と）

それは、いつか二人で見たテレビＣＭの内容だった。

成長につれて、靴やシャツをどんどん大きなものに新調していく息子が、ある日、これまでより一回り大きな弁当箱を、母親に持ってくる。息子が小遣いを貯《た》めて買った弁当箱には、「これからも母さんの弁当が食べたい」という手紙が入っているのだ。

日々の育児に疲れていた母親は、笑顔を取り戻し、台所に立つ。成長した息子とともに。たしか、保温できる弁当箱のＣＭだった。

（そうしたら、作り手は感動して、笑顔でまた弁当を作ってくれるんです。ＣＭではそうだった。おばさんは泣いていました。「こんなことされたら、いくらでもお弁当を作り続けちゃうわ」って。そう言っていた。だから）

おそらく……両親から愛情を示されたことのなかった宗介くんは、ＣＭに「手本」を求めるしかなかったのだ。

いつの間にか宗介くんは、何度挑んでも解けないパズルを前にした子どものように、悲しげに、悔しそうに、涙を浮かべていた。

彼はまだ、十三歳だった。

（だって、ホテルの食事は美味しくなかった。僕は、おばさんの弁当がよかった。死ぬ直前、ああ、早くのり弁が食べたいなと思って……それが叶わなかったのは、悲しいけど）

鼻を啜ってから、宗介くんは、すっかり空になったプラスチックパックを見下ろした。

（今、叶いました。それに……夕子おばさんがいなかったら、僕は死ぬ間際に、願うことすらなかった）

振る舞いたい料理ではなく、自分が食べたい料理――。

彼の定義の切実さを、俺はようやく理解した。

(だから、苦しまないでほしいです。おばさんには、早く立ち上がってほしい。忙しく弁当作りに励む、元気でお節介なおばさんに、一刻も早く戻ってほしいです)

そして、「座り込まれたくない」という、彼の願いも。

「……大木、夕子さん」

俺は、しわがれてしまった声で、なんとか切り出した。

自分の死よりも、大切な人が立ち止まる悲しさを訴えに来た、宗介くんの思いを。

伝えなくては。

「大木夕子さん、ですよね。町の弁当屋さんをやっている『夕子おばさん』。甥っ子の名前は、宗介くん。ハーフっぽい顔をした、さらさらの髪の男の子。違いますか?」

報《しら》せた覚えのない名前を告げられて、夕子さんが呆然《ぼうぜん》と顔を上げる。

「え……? どうして」

「実は、彼……亡くなる前の日に、この店に来ていたんです。大木さんの家を出たあと夏休みのほとんどを夕子さんの家で過ごしていたはずの宗介くん。

彼の行動と矛盾しないよう、必死に頭を捻った。

「ずいぶん若いお客さんだから、目立って。それで仲よくなったんです。彼は言っていました、ホテルの食事が美味しくないって。僕は、夕子おばさんのご飯が食べたいって。すみません、話を聞いて今やっと、彼が大木さんの甥御さんだとわかりました」

夕子さんは、大きく息を呑み、何度も口を開いたり、閉じたりして、やがて呟いた。

「本当……？」

「本当です。彼、すごくあなたの、のり弁が好きだったんですよ。あんまりに美味しそうに語るから、俺は今日、噂《うわさ》ののり弁ってどんなもんか、再現しようとしていたんです」

「そんな、奇跡みたいな話……」

話を聞いていた夕子さんの目に浮かんだのは、意外にも、恐怖と躊躇いだった。

信じていいの、と、震える声が後に続く。

あまりにも都合がいい話を、受け入れてよいのかと悩んでいるようだった。

自己満足は、今の彼女が最も忌避《きひ》するところだから。

「本当ですよ。彼は、ちょっとした行き違いで、弁当を作ってもらえなくなってしまったと言っていました。だから、CMを真似て、弁当箱に手紙を入れて渡すつもりだと言っていましたよ。寮に戻る前に、弁当箱を買いに行くって」

「CM――」

夕子さんがはっと目を見開く。

「まさか……そういうことなの？　でも」

どうしたらいい。どうしたらこれが、本当の話だと信じてもらえるだろう。

（そうだ。哲史さん、あれ！）

そのとき、ぐいと顔が動き、俺の目が冷蔵庫を捉えた。

ステンレスの扉に張ってあるのは――さっき宗介くんが描いた、特徴的なうさぎだ！

「ほら、このイラスト。大木さんがうさぎ好きだからと、宗介くんが描いたんですよ。えええと……そう、弁当箱に入れる手紙の練習に」

俺は急いで付箋を外し、夕子さんに差し出した。

イラストはかなり独特だから、これを見たらきっと、話を信じてくれると思ったのだ。

「この字……」

だが実際には、夕子さんが反応したのは、こまこまとした文字のほうだった。

「『夕子おばさんの、のり弁です』……」

震える手で付箋を受け取り、そっと文字をなぞる。

途端に、彼女の両目から、ぼろりと涙がこぼれ落ちた。

「……ずっと、考えて、くれていたのね」

「え？」

「お、お弁当を、続けるべきか悩んで、気持ちを確かめたとき。最初に私、こう聞いたの」

しゃくり上げ、嗚咽に声を詰まらせながら、彼女は当時の質問を再現した。

――いつも作ってるお弁当だけどさ。その中で好きなお弁当って、どんなの？

「聞いた後すぐ、この子は曖昧な聞き方だと答えにくいんだったと気付いて、『私のお弁当、気に入ってる？　もしそうでもないなら、遠慮なく言って』って、言い直した。そうしたら、考えさせてくれって……」

止めどなく溢れる涙の合間に、彼女は「でも」と、吐息のような声を漏らした。

「考えていたのは、最初の質問だったのね。ずっと……考えて、いてくれたのね」

いつだって、時間を掛けて正確な答えを探る宗介くん。

彼の答えは、何日もの時間差と、生死の壁を乗り越えて、今、夕子さんに届いたのだ。

（僕は、いじめられてなんかいませんでした。自殺なんてしてないし、毎日楽しかった）

肩を震わせる伯母に向かって、宗介くんは静かに語りかける。

（短い人生になってしまったけど、幸せでした。おばさんが、たくさん弁当を食べさせてくれたから。だから、これからも、弁当を作り続けてください。元気に）

俺が、「毎日楽しいと言っていた」、「おばさんにはずっと元気に弁当を作ってもらいたいと言っていた」と形を整え伝えると、夕子さんは激しく啜り泣き、「そっか」と頷いた。

「そっかぁ……」

真っ赤に泣き腫らした顔を、ゆっくりと上げる。

濡れた瞳の先には、手つかずのままの、のり弁があった。

「……私が貧血を起こしたんじゃ、しょうがないわね」

覚悟を決めた様子で、箸を取る。

それから彼女は、美味しさを堪能するというよりも、栄養を溜め込むように、しっかりと飯を噛み、のり弁を平らげた。

「ごちそうさまでした」

小さく告げて、手を合わせる。

次に顔を上げたとき、彼女の目はまだ潤んでいたが、意志の光を宿していた。

「ごめんね、こんな、急に号泣しちゃって」

「いいえ。本当に、奇跡のような巡り合わせでしたから」

俺が心の底から述べると、夕子さんはちょっと眩しそうに、目を細める。

そうだね、と彼女は頷き、久々に小さく笑みを浮かべた。

「そう思うことにする。宗介が、私に活を入れにきてくれたんだ、って」

いまだ、ぎこちない笑み。けれど夕子さんは、しっかりとした足取りで席を立った。

「長居しちゃってごめんなさいね。お会計、いくらかしら」

背筋もしゃんとしている。飯を腹に入れたからか、声にも力が戻ったようだった。

その後彼女は、会計について押し問答した後、弁当代以上の額を支払い――代わりに、うさぎの付箋を握り締めて、店を出ていった。

宗介くんはその後ろ姿を、静かに見送っていた。

「……あれで、よかった？」

沈黙が気になって、つい尋ねてしまう。我ながら曖昧な質問だと思い、聞き直した。

「宗介くん、本当は……『母さん』とかって、呼びかけてみたかったんじゃないのか」

だって、ずっと彼と体を共有していた俺は、気付いてしまったのだ。宗介くんが、夕子さんに対して、「食事の恩」なんかに留まらない、親子の情を抱いていたことに。

幼い子どもが母親を恋うように、より強い親愛の言葉を、より深い感謝を、伝えたかったのではないか。

(——……いいえ)

だが宗介くんは、軽く目を瞬かせると、首を振った。

(いいんです、これで。だって僕とおばさんは、本当の親子なんかじゃなくて、ただの)

そこで彼は、しばし視線をさまよわせ、小さく微笑みながらこう定義した。

(「ちゃんと食べてる?」という問いに「あなたのご飯が食べたい」と答えるだけの間柄なので)

親子、なんて言葉よりよほど厳密な、彼らしい言い方だと思った。

「そっか」

(はい。哲史さん。このたびはどうもありがとうございました)

宗介くんは丁寧な礼を述べると、空になったのり弁のパックに、一度だけ満足そうな視線を向け——溶けるようにして消えた。

＊＊＊

「なーによ、心配して損しちゃったじゃん」

翌朝、爽やかな朝日が差し込む、開店前の「てしをや」。

数時間後にはやって来る客のために、忙しく米を研《と》ぎながら、妹の志穂は大げさな溜め息を吐いた。

「昨日の感じからして、『じいちゃんと和解するために、今日からトリュフを使った料理を出そう。仕入れてきた』とか言い出すんじゃないかって、ひやひやしてたんだよ私は」

細い腕で力強く米を研ぎ終え、澄んだ水をきっちりと測って加える。

透明な水が釜に張られたのと同時に、志穂は安心したようにこちらに笑いかけた。

「『これまで以上に、定番メニューに力を入れよう』って言ってくれて、よかった」

そう。俺は店で志穂に出会いざま、昨夜からずっと考えていたことを告げたのだ。

俺たちの「てしをや」は、たしかに庶民的だろう。平凡でもあるだろう。

出すメニューは、どこの家庭でも作れるものばかり。

でも、それでいいじゃないかと。

だってこの店は、俺・哲史と志穂と親二人、「てしをや」の四人でできた、家そのもの。

家の飯のために、客が列を成して押し寄せることはないかもしれないが、気取らない食卓、親しんだ味わいを求めて、客がふと「帰りたい」と思える場所になっていればいい。

俺たちはそれで、いいじゃないかと——宗介くんとの出会いを通じて、思ったのだ。

セレブなメニューを教えてほしいという願いに対して、まさかののり弁をぶつけられた格好だけど、きっとこれもまた、神様の言う通りってやつなんだろうな。

「昨日までの俺、ちょっと迷走してた。ごめん」

俺はばつの悪さに肩を竦め、調理台に並んだ。

「まあねー。あれ以上迷走するんなら、夏美さん経由で説得してもらおうかと、思わず連絡しちゃったよ。無駄な備えだったけど」

「なんでおまえが夏美の連絡先知ってんだよ」

いつの間にか彼女と妹が連携していることに、密《ひそ》かな戦慄《せんりつ》を覚える。

だが、すでにチキン南蛮のたれ作りに移行した志穂は「常連さんだもん、当然」と勝ち誇ったように笑うだけだった。

「夏美さんも、『哲史はすぐ形から入る男だからなー』って言ってたよ」

「うっせ」

「いやいや、褒めてるって。女は形を求めるよー。愛の言葉もふんだんに囁《ささや》くといいよ」

「誰が囁くかっての！」

志穂め、今まで恋バナで盛り上がることがなかったからって、調子に乗っていやがる。

というかこいつのほうこそ、敦志《あつし》くんとはちゃんと進展しているんだろうな？

敦志くんが来店したときは、俺もなるべく接客を志穂に回し、会話が弾むように気遣っている。

以前に比べれば、二人で話し込むことも増え、だいぶ親密さも増したように思うのだが、漏れ聞こえるのはいつも食い物の話ばかりだ。

おまえこそ囁けよ、愛の言葉とやらを！

「愛の言葉か……」

だがその言葉に、心をぴんと弾かれた気がして、俺はふと、肉に衣をまぶす手を止めた。

たとえば親子。たとえば恋人。くっきりと関係を定義する言葉たち。

だが、そんな呼称に形を定めてもらわなくても、宗介くんと夕子さんの間には、たしかな絆《きずな》が横たわっていた。

宗介くんがきちんと食べていたかをしきりと気遣っていた夕子さんと、最後にのり弁を食べることを望んだ宗介くん。

I love you みたいな「お決まりの愛の言葉」を日本人は持たないけれど、――「ちゃんと食べてる？」「あなたのご飯が食べたい」というのはきっと、親から子へ、子から親へ向ける、究極の I love you だよな。

そんな温かな気持ちを、俺たちが――「家」であるこの店が、少しなり、客に届けることができたなら。

「あー……なんか、気合い入ってきた」

俺はにわかにやる気を漲らせ、冷たい肉をどんどん卵液にくぐらせはじめる。

心の内ではじいちゃんに、いつでも掛かってこいと呼びかけていた。

今度店に文句を付けられることがあれば、きっぱりと言い返してやる。

だってもう俺たちは決めた。「てしをや」はこれでいいと、決めたんだから。

横では志穂が、突然なに、と目を丸くしている。

俺はたっぷりと油を張った鍋に、卵の衣を付けた肉を優しく放り込んだ。

今日もきっと、「てしをや」で一番注文されるのは、このおなじみのチキン南蛮だ。

# 三皿目　ぶりしゃぶ

ずっと熱気で充満した店内にいたので、札を「準備中」へと掛け替えるべく外に出たら、突き刺すような寒さに襲われ驚いた。

吐き出した息も、微かに白くなっている。

まだ十月の、それも昼だというのに、今年はずいぶんと冷え込みが強い。

「あ、悪い！　風、冷たかったかな」

引き戸を閉める直前、カウンターに掛けていた客がわずかに肩を竦めたので、俺は慌てて声を掛ける。

こんな気安い口が利けるのは、店内に一人残ったその客が、見知った相手――佐々井《ささい》敦志くんだからだ。

彼は、神様案件で知り合って以降頻繁に来店してくれる、常連さんであり友人である。

「いえ、全然。むしろ、昼の部終了間際に滑り込んじゃって、申し訳ないです。どうしても、志穂ちゃんのチキン南蛮が食べたくて」

付け加えると、志穂に思いを寄せている健気な男でもある。

ただ、押しの弱さと、間の悪さはご愛敬《あいきょう》だ。

今の言葉にしたって、さりげなさを装い、勇気を振り絞って告げただろうに、肝心の後半部分は、調理台で洗い物をしていた当の志穂が、ちょうど水量を上げたことで、じゃっと掻き消されてしまっていた。

「いえいえ、大歓迎ですよ。そういえば敦志さん、今日もチキン南蛮だったでしょー」

「……はは」

前半部分しか聞き取っていないからこそのお愛想に、敦志くんは悲しげに笑い、志穂はと言えばそんな彼を見て、きょとんとしている。

違う志穂、きょとんじゃねえよ。

うちの妹がいろいろ鈍くて、申し訳ない、敦志くん。

後で俺がゴミ捨てにでも行って、さりげなく二人きりにしてやるからな……。

俺は内心でそっと敦志くんにエールを送りつつ、ほかの話題を振って、このいたたまれない空気を変えることにした。

「そういや、敦志くんがこの時間に一人で来るって、珍しいな。忙しかったとか？」

この「てしをや」は、昼は主に近隣の会社員に利用されており、中でも敦志くんたちは、しょっちゅう部署ぐるみ、または仲のよい数人で食べにきてくれるのだ。

俺が尋ねると、敦志くんは即座に「いえ、忙しいわけではないんですが」と首を振り、しかし、少し説明を躊躇う素振りを見せた。

「実は数ヶ月前に、部署は違うんですけど、会社の先輩に不幸があって。今は全社的に仕事が落ち着いているし、ちょうど月命日だからって、関係のあった人たちが皆、墓参りに行ってるんですよ。顔の広い人だったから、俺の部署からも、何人か向かっていて」

入社してまだ一年ほどの敦志くんは、その人物とは接点がなかったらしく、付き合いで墓参りに行くのも真摯《しんし》ではないよなと考えた結果、参加を見合わせたらしい。

「本当にデキる人だったんですよね。チームが違う俺ですら、人となりを知っているほどの有名人で。鬼上司に当たってても、腐らず、いつも明るくて、バリバリ活躍していて」

「そんな人が亡くなっちゃうなんてなぁ。先輩、ってことは、まだ若いんだろ？　二十代？」

「あ、いや、うちは、上司を『さん付け』する決まりなので、つい先輩感覚になっちゃうんですよね。もう課長で、年齢はたしか、三十半ばくらいだったと思います」

それでも、とうてい天寿を全うしたとは言えない年齢だ。

若い命が失われることは、言葉にしがたい苦さがある。俺が顔を顰《しか》めると、敦志くんも同調するように、悲しげに口元を歪めた。

「いったいどうして、って、会社の皆が悲しんでますよ。直属の上司が、厳しいことで有名な人だったから、パワハラでもあったんじゃないかと、調査も入ってるみたいで——」

溜め息まじりで告げてから、彼はしまったと口を噤んだ。話しすぎた、と思ったらしい。

「あーっと、そうだった、ゴミ出ししてこなきゃ。ごめんごめん、ちょっと失礼」

「い、行ってらっしゃい！」

こちらとしても、暗い話題を無理に聞き出したいわけでもない。

ゴミ捨てを口実にその場を去り――さりげなく二人きり作戦を実行する有能な俺――戻ってくる頃には、敦志くんも笑みを取り戻し、志穂と親しげに話し込んでいた。

だが、相変わらず漏れ聞こえる単語が、大皿料理が、とか、揚げ物攻めでも、といったものばかりなのは、どうしたことなんだ志穂よ。

ともあれ、敦志くんはこの日もソースひとつ残さずチキン南蛮を平らげ、爽やかに店を去っていった。

客のいない店内は、静かだ。

皿をまとめ、テーブルを黙々と拭いたりなんかしていると、さっきまでの喧噪《けんそう》と目の前の静寂を脳が釣り合わせようとでもするように、その日接したお客さんの表情や、ちょっとした会話だとかが、次々と蘇ってしまう。

――いったいどうして、って、会社の皆が悲しんでますよ。

中でも、敦志くんの悲しげな表情をなぜか思い出してしまい、つい、台拭きを持つ手が止まってしまった。

「いったいどうして、かぁ……」

人の死なんて、老衰や病気を除けばどれも唐突だ。いいや、老衰や病気で死んだって、周囲は「いったいどうして」と別れを悲しむだろう。

二度と会話できなくなってしまったことに動揺し、故人の行動を何度も何度もなぞっては、もっと手を尽くせなかったのか、なぜ自分はそうしなかったのかと唇を噛む。

それでも、生き残った者は、生き残った者たち同士で手を取り合い、前に進んでいかなくてはならない。

いくつもの魂と出会い、彼らの願いに触れるたび、感じることだった。

俺もまた敦志くん同様、突然親に置いて行かれてしまったが、俺には思いを同じくする――手を取り合うべき妹がいる。

守るべき店があり、こなすべき仕事がある。それはきっと、幸せなことだ。

じいちゃんに店を否定されたときは揺らいでしまったが、だからこそ今の俺は、日々一歩ずつ道を進む自分の足に、誇らしさのようなものを感じはじめていた。

「なー、志穂。一度じいちゃんとしっかり話し合わなきゃと思ってるんだけど、今度さー」

皿を流しに運びながら切り出すが、志穂は洗い物を中断し、調理台の奥にスマホを持ち込んで、誰かと話し込んでいる。

ちょうど話が終わったタイミングだったのか、妹は電話越しに深々とお辞儀をしてから通話を切った。視線に気付くとスマホを伏せ、「ごめん、なに？」とこちらに戻ってくる。

「ああ、いや……なに、夜の部の予約？」

夜の「てしをや」では酒類も提供しており、テーブルをくっつければグループ席も作れるので、歓送迎会シーズンはそれなりに、小規模な宴席の予約も入ってくる。

その関係か、店の電話を自分のスマホに転送している志穂は、しょっちゅう誰かと通話しているのだった。

「うん、そう。三ヶ月も前に予約いただいた席だったから、覚えてるかなって思って、先週確認の電話をしたんだ。ずっと繋《つな》がらなかったんだけど、やっと折り返しがあって」

でも一名人数が減るってさ、と続けながら、志穂はまた洗い物に戻った。

「メインは鍋だから、人数変更に対応しやすくて助かったよ。あ、でも、ビールはちょっと多めに冷やしておかなきゃ。氷増やして、おしぼりの残数チェックして。そうだ、五千円札が不足してるんだった。入金ついでに両替しておかなきゃ」

魔法のような手付きで皿を片付けながら、志穂はすらすらと必要な業務を挙げていく。

「おー、忙しいな。俺、なに手伝えばいい？」

横に並んで残飯をまとめながら尋ねると、志穂は不意に押し黙った。

やがて最後の皿を籠に伏せると、ぽつんと切り出す。

「お兄ちゃん……たとえば私がいきなりいなくなったら、ちゃんとこのお店回せる？」

その低い声音に、俺は反射的に背筋を伸ばした。

わわ、まずい。俺、知ってるぞ。

家事や育児で手一杯の妻に「俺、なにか手伝おうか？」と尋ねる男は、当事者意識がないとして、世間から突き上げを食らう世の中なんだ。

俺たちは兄妹であって夫婦じゃないけど、状況は同じようなものだろう。

きっと俺は今、こいつの地雷を踏んでしまったんだ。間違いない。

「お、落ち着け志穂。俺は『手伝おうか？』と聞いたんじゃない、『なにを手伝えば』と」

「お兄ちゃんなら、できるよね」

だが、俺を遮って尋ねる志穂は、べつに不機嫌そうではない。

まっすぐにこちらを見つめる瞳は、ただ純粋に、疑問をぶつけているだけだ。

だが、その真剣で冷静な眼差《まなざ》しが、かえって俺を動揺させた。

「え……？　俺、一人で、店を回す？」

数時間店番をしろということなのか、それとも数日間、完全なワンオペで店を回せということなのか、それによってもちろん答えは変わるぞ。

だが待ってくれ、「私がいきなりいなくなったら」？　それはどういう意味なんだ。

「や、やだなー。なに言っちゃってるんですか、志穂先生！　料理が下手で、根本的に客商売にも向いていない俺が、一人でなんて、そんなの無理に決まって――」

「ううん、お兄ちゃんは向いてると思うよ、接客業」

ひとまず自虐で質問を躱そうとすると、志穂はやはりきっぱりとそれを遮ってくる。

「横から見てても、お兄ちゃんって、本当にお客さんに恵まれやすい人だと思うもん」

「そ……」

そうかな。それはどうも。それってどういう意味？

なんと答えようとしたのか、自分でもわからなくなってしまい、口を噤む。

「ちゃんと、考えておいてね。私、銀行閉まる前にちょっと出てくる」

その間に、志穂はさっさとエプロンを脱ぎ、銀行に行く準備を始めてしまったので、俺は真意を追及する機会を逸《いっ》してしまった。

取り残された厨房で、調理台に飛び散った水滴を見つめている間に、ぐるぐると考えが負の方向に傾いてゆくのを感じる。

扉に手を掛けた志穂が、夜の予約がどうだとか、今後の予定がどうだとかを早口で言い残していったが、ぼうっとしていた俺は、それに曖昧な返事をすることしかできなかった。

俺一人で。志穂なしで、この店を？

志穂がいきなりいなくなったら――？

「おいおい、嘘だろ」

落ち着くんだ。

自分に言い聞かせながら、ひとまず調理台の磨き作業を完了させる。

さっきのは他愛ない質問だって。

ほら、「明日歯医者に行きたいから、数時間お兄ちゃんにお店任せていい？」みたいな。

昼メニューを夜メニューへと差し替え、夜用の米を研ぎながら、「でも」と内心で呟いた。

でも、もし、そういう意味じゃなかったら？

志穂がこの「てしをや」を、離れてしまいたいと願う日が来たら、俺はどうするんだ？

「いや、考えすぎだって……」

落ち着け。なんでこんなに慌てる必要がある？

後で志穂に意図を確認すれば済む話だ。妹の発言一つにこうも取り乱すのはおかしい。

そうとも、冷静に行動すれば、べつにこんなの、サクッと解決する話であって——。


「神様ー」

がろん、がろん。

数十分後、昼の部の閉店作業と、夜に向けた準備の一部を済ませた俺は、案の定、神社で鈴緒を揺らしていた。

まだ四時過ぎだが、すでに日が傾いてきている。

じきに、鬱蒼《うっそう》としたこの神社は薄闇に呑まれてしまうだろう。

「ちょっと聞いてくださいよ、神様ー。酒も持ってきましたから！　ノンアルですけど」

気が急くあまり、なにも持たずに神社に足を向けてしまった俺は、途中でコンビニに立ち寄ってホット甘酒を買ったのだった。秋冬にしか販売しておらず、見つけると「ああ、寒い季節がやってきたんだな」としみじみ思わされる品だ。

供えるためにビニール袋から出したが、じんわりとした熱が手放しがたく、俺は缶を握り締めてしまった。

「……神様。俺、正直、考えたこともなかったですよ」

ぽつんと、切り出す。

人気《ひとけ》のない境内で、声は、まるで道に迷った子どものそれみたいに、頼りなく響いた。

「妹が『てしをや』を辞めたらどうするのかって。俺は、一人でも店を続けるのかって」

志穂の問いは、胸の内で何度もなぞっているうちに、徐々に形を変えて俺に迫った。

もし妹が「てしをや」を離れたら、俺はそれに合わせるのか。

常に他人に追従する形の人生設計は、果たして本当に自分のものと言えるのか、と。

「考えてみれば、俺が定食屋を継いだのも、もとは、志穂を助けようと思ったからで……」

そうだ。定食屋は、妹を助けるために始めた稼業だ。

助けてと言われたから、助けた。

では、志穂の気が変わったなら、俺も店を畳むのか。

それは、あまりにも自主性に欠けた人生ではないか。

　だが、「気が済んだから」という理由以外にも、たとえば結婚や出産、または事故や病気——志穂が定食屋経営から離れる要素なんて、冷静に考えれば山のようにある。

　俺はこの一年、がむしゃらに走り続けるあまり、そうした可能性を、すこんと頭から抜かしていたのだ。

　それで今——改めて「『てしをや』はこれでいいんだ」と足を踏ん張り直そうとした今になって、足下の地面がひっくり返ったような心地を覚えているのであった。

「俺……どうするんだろう。そのときは定食屋を、辞めるんですかね」

　こんなの、弱音ですらない。明確な願いとは対極の、ただ曖昧模糊《もこ》とした迷いだ。

　きっと、あのせっかちな神様が、一番嫌う類《たぐ》いの——。


——ふぅむ。それは、困ったなぁ。


　だがそのとき、御堂がぼうっと光り、てっきり聞き流されると思われた俺の言葉に、相槌が寄越された。

「神様！」

——おまえが定食屋を辞めるとな？　となると、今のやり方で願いを縒り合わせるのが、難しくなってしまうではないか。うっそー。困るし、悲しいー。

ぱっと顔を上げた俺に、神様は「困った、困った」と、顎でもしゃくっているかのような様子で返す。

口調は軽いし、冷静に考えてずいぶん身勝手な言い草なのだが、俺は無性に嬉しくなってしまった。

こんな悩みにも、神様から返事が得られたというのが意外だったし、なにより――どんな理由であれ、引き留められたことに、ほっとしてしまったのかもしれない。

「はは。もう、なんですか、神様が『うっそー』なんて、女子高生みたいな言い方して」

――だってなー。こんな使い勝手のいい……もとい、親身に協力してくれる者は、そうそうおらんのにー。惜しい。惜しすぎるぞ。おまえが店を辞めたら、私は悲しい。

「ちょっと神様、傲慢な本音が隠し切れてませんよ。……でも、そこまで惜しんでもらえるなんて、意外っていうか、悪い気もしないっていうか」

俺は、くすぐったさに頬を掻いたが、そこで突如として風向きが変わった。

——となると、今のうちに使い倒しておかねばな。はーやれやれ、悲しい悲しい。

「は……？」

なんと神様が、さらっと恐ろしい発言をかましたのである。

嫌な予感とともに振り返れば、鳥居の下には、もはや見慣れた白い影。

つるべ落としの勢いで暮れていく空とは逆に、白い影はぐんぐんと密度を増し、がたいのいい男性の姿を取りはじめる。

世慣れた感じに着崩したワイシャツに、つんつんと立てた短髪。

ちょっと悪そうな笑みを浮かべ、無造作に『よお』と片手を挙げるのは、まるでドラマから抜け出してきたような、「デキる先輩」風の、イケメンサラリーマンだった。

——紹介しよう。この男の名は、稲田陽一《いなだよういち》。二ヶ月ほど前、酔っ払ったまま、窓を締め切った自宅で熟睡したところ、熱中症で死んでしまってな。

『いやー。俺、結構体力はあるつもりだったんで、まさか熱中症なんかで死ぬとは思わなかったっすよね』

ノリの軽い稲田さんと神様は気が合うのか、和気藹々と会話しているが……いやいや、待ってくれ、いつ誰がこの展開を許したと？

「い、いや、ちょっと待ってください。今、俺は切実な悩みを披露している最中で、こっちは願いなんて告げてなくてですね――」

――うん？　私とおまえの仲ではないか。どうせおまえ、この後もうじうじ悩んで、かと思えば、思い詰めた顔で『ちょっとだけ俺の背中を押してくれませんか』とか頼んでくるのだろう？　わかっておる、わーかっておる。テンプレゆえにショートカットだ。

「ひ、人の真剣な悩みを、そういう風に扱うのって、どうなのかなぁああ⁉」

図星であるからこそ込み上げる羞恥心《しゅうちしん》に、俺は思わず涙ぐみそうになった。

いいや、内心では、こんなぞんざいな物言いをしつつも、この神様がちゃんと俺を案じてくれているのは、わかっている。

きっと稲田さんだって、神様が目を掛けることにした以上、切実な願いを秘めた魂なのだろう。わかっている。わかっているんだ。

でもさ。

「たまには、ちゃんとお伺いがあって、承認があって、しかる後に厳かに取り憑かれる、折り目正しい展開があったっていいじゃんかー！」

感想は、これに尽きると思うんだ。

『わりィなー、ええっと、高坂哲史くん？　なら、てっしー。時間ないから、審議・承認アトアトの、ダマで決裁ってことで！　フュージョンいくぞー！』

俺の絶叫を爽やかに聞き流し、稲田さんはもう、俊敏そうな足を屈伸しはじめている。

「なんですかその全部勢いで済ませるモーレツ系営業マンみたいなの！」

『はっはっは、こう見えて俺、営業部とは犬猿の仲の、マーケティング部。それじゃ——フュー……ジョン！』

彼はスポーツが得意そうな外見に恥じない走りっぷりで、軽やかにこちらに突進し、見事に俺の体に入ってきた。

（——うっし！　よろしくおねしゃす！）

無事融合を果たすと、俺の腕をYの字に広げ、ピシッとポーズまで取っている。

「いや、全然『うっし』じゃないですって！　店はまだ営業中なんですよ！　俺、憑かれたまま夜の部するんですか⁉　一度くらい、俺の意向を尊重した展開はないのか！」

今日も今日とての流れに、俺はせっかく広げた腕を曲げ、さめざめと顔を覆った。

——うん？　これこそが、私とおまえの間にある様式美だと思ったのだがなぁ。

瞬く間に夕暮れを通り越し、夜の気配の立ちこめはじめた境内。

しれっと首を傾げているに違いない神様の声が、呑気《のんき》に響いた。

＊＊＊

店に戻る道中でわかったことだが、このたび俺に取り憑いた魂、稲田陽一さんは――認めるのは悔しいが――それは気さくでよく笑い、接していて心地よい人物だった。

（いやー、あの日はさ、連日残業続きのところに突然「おっ、今日は十時台に帰れるぞ」って日がきたから、嬉しくなって飲みに行っちゃったんだよな。疲れたとき、なんであなに酒って回るんだろーね。酔っててもエアコン忘れちゃダメだぞ。これ約束な）

自分の死をカラカラと笑いながら語り、かと思えば真摯な口調で忠告を寄越す。

おしゃべりではあるのだが、温かみのある声で「な？」とか「だろ？」と人なつっこく会話を振ってくるので、まったく一方的な感じがしない。

きっと、誰とでも会話が弾む人なんだろうなと、ごく自然に思った。

聞けば彼は、数年前まではとある食品メーカーの営業部のエースであったらしい。

学生時代は野球部のエース。

就職してからは営業部のエース。

容姿もよくスポーツもできて性格も明るいとなれば、すごくモテたろうなと思い尋ねれば、彼は突然厳かな口調になって、「おかげさまです」と答える。

謙遜《けんそん》しないのに嫌味がないところに、彼の経験や社交性が察せられた。

それにしたって、天寿をまっとうしたわけでもないのに、こんなにも陽気な魂というのも珍しい。

「未練」という言葉の似合わなそうな稲田さんに、不躾《ぶしつけ》ながらそれを尋ねると、彼はけろりと、意外な答えを寄越した。

(いやぁ……。愁嘆場《しゅうたんば》も、繰り返すと慣れるっつーか。なあ？)

なんと、死を嘆くのに飽きてしまったらしい。

それというのも、彼が亡くなったときには、それはもう多くの人間が涙を流した。

どういう仕組みなのかは「わりィね、守秘義務でさ」とはぐらかされたが、悲しみを強く訴える人のもとに魂は訪れやすいらしく、とにかく稲田さんは四十九日まで、あっちに呼ばれ、こっちに呼ばれと、さんざん生者の嘆きを見守り続けていたそうなのだ。

(でもさー、見守ることはできても、声を掛けられるわけじゃないんだよな。でもって、生きてるほうも、わんわん泣いてたかと思えば、意外にもすんなり、立ち直ってくわけ)

家族や友人、仕事仲間に別れた恋人。

泣き崩れる彼らを前に途方に暮れた稲田さんだが、彼らが泣き腫らした目で、その日の飯を食べはじめるのを見て、「強いなー」と圧倒されたそうだ。

寂しくないと言ったら嘘になるが、大切な人が前を向く姿には、安堵《あんど》させられる。

そんな「見送り」を、社交的だった彼は、もう何度も経験してきたという。

（結局さ、残された人は、生きてくしかないし。道はもう、分かれちゃってんだよなあ）

苦笑する稲田さんは、すでにこの状況を受け入れているようだ。

「……ってことは、あれ？　もしや特に未練なんて、なかったりします？」

（いやいや、あるの。あるんだよこれが。親まで含めた何十人との別れを、心穏やかに済ませた俺だけど、たった一つ未練があるんです）

俺が首を傾げると、すぐに稲田さんは口の端をくいっと持ち上げて笑う。

（泣き崩れる周囲をよそに、涙一つ見せなかった鬼上司。そいつを、ぎゃふんと言わせたい。思いきり泣きっ面かかせてやりたいっていうか。見てろよ、目白修《めじろおさむ》！）

「えっ？」

ここまでの穏やかな語らいから一転、急に戦闘的になった稲田さんに、俺は驚いた。

なんでも稲田さんは二年前、大活躍していた営業部から、マーケティング部へと引き抜かれたらしい。

事業戦略を定め、理想を掲げるマーケティング部は、現実的な実行部隊を自認する営業部とは宿敵のような関係らしく、彼はその架け橋の役割を期待されたそうだ。

ところが、新たに上司となった人物――目白さんというらしい――は寡黙《かもく》で厳しく無表情の、なんともそりの合わない性格。

「営業部はこう伝えたほうがわかってくれます」といった稲田さんの提案をすべて却下し、死ぬ直前までこき使ってきたそうだ。

（徹夜で直した資料を前に、深々と溜め息を吐いてきたりとかさ……。配属初期なんて、俺は何度ドラマよろしく、夜空に向かって「バカヤロー！」って吼《ほ》えながら帰宅したことか）

稲田さんが次々と披露するエピソードを聞く限りでは、目白さんという人はミスに厳しく、新人であれ指導に一切の容赦《ようしゃ》はなかったらしい。

彼のもとに配属されることが決まった人間は、辞令書を見ると必ず泣き出す、というのが社内でも有名な現象であったそうだ。

（今回俺が死んだのが、過労死じゃなかろうかって、調査も入ったらしいんだよね。でもあの人ときたら、涙一つこぼさない）

稲田さんは忌々《いまいま》しげに眉を寄せる。短く吐いた息には、たしかに苛立ちが籠もっていた。

途中までは俺も、「これは茹でとうもろこしのみのりと同じく、口では嫌そうに言っても、実は二人の間には絆が！　という展開では」などと呑気に構えていたのだが――どうしよう。今回は本当に、憎しみ案件なのかもしれない。

え、待ってくれ。

ということは、稲田さんは復讐《ふくしゅう》のために目白さんを呼び出そうとしているのか？　思い知らせるって、どうやって。まさか毒でも盛る気じゃないだろうな。

俺は泡を食って稲田さんに尋ねた。

「あ、あの、稲田さん、いったい上司の方には、なにを振る舞おうと……？」

（ん？　ぶり）

ぶり？　少なくともふぐと違って毒はないが……まさか、寄生虫《アニサキス》のついた刺身を選んで出そうとか？

（刺身もいいけど、この時期なら鍋がいいかなって。ぶりしゃぶ）

鍋。ならば寄生虫路線ではない。いやしかし、相手の嫌いな食べ物という恐れも——。

疑心暗鬼に陥《おちい》った俺の脳が、ぐるぐると不穏な可能性を並べ立てる。

「あの……なんでぶりなんですか？　相手の、好物だからです、かね……？」

（んー？　好物かは知らないなあ。まあいいじゃん、もう決めたことだし）

「えっ、いやでも、人の体を使ってまで飯を食わせようとしているわけですし、せっかくなら、相手に喜んでもらえるものを……そ、そうだ、実は俺、魚がまだうまく捌《さば》けなくて。

それにほら、もう夜営業が迫ってるから、ぶりを買いに行く時間もないですし！」

稲田さんの態度に、ますます復讐説を確信した俺は、自身の調理下手や、在庫状況まで披露してこの展開を止めようとしたのだが、彼は爽やかに笑ってこう言ってのけた。

（大丈夫。そのへんは、ばっちりもう手を打ってあるから）

「へ？」

それはいったい、どういうことなのか。

戸惑う俺をよそに、稲田さんはちらりと俺の腕時計に視線を走らせ、

（お、急がなきゃ）

と軽快な足取りで店に向かう。どうやら、「てしをや」の位置を知っているようだ。

初めてのことに驚いているうちに、彼はあっさりと店に到着し、「もしかして店の人って、裏から入るのかな？」と裏口に回ることまでしてみせた。

「もう、お兄ちゃん、遅いよ！」

扉を開けるや、ぱっと振り向いた志穂が目を吊《つ》り上げてくる。

そう、今回はまだ深夜じゃない。これから夜の部の営業が控えているのだ。

「どこに行ってたの？　もうお客さん来ちゃうよ」

「お、『お客さん』？」

「もー！　今夜の宴会、先方の都合で一時間早まったからって、さっき言ったじゃん！」

もしや、銀行に出かける前に言い残した中に、その言葉が入っていたのだろうか。

俺は流されるまま「え、あ」と手を洗い、エプロンを手に取ったが——待て待て待て、ほかにお客さんが来てしまったら、稲田さんの未練をいったいどう晴らせばいいんだ！

「ま、待ってくれ、志穂。折り入って、相談が――」

「全部後にして！　生ビール、チューブ洗浄済んでる？　おしぼり数えた？　おつりは補充した、先付けはこれ、エプロンする前にトイレットペーパー確認しといて、それから」

兄が困り果てて呼びかけているというのに、仕事モードに入った妹は聞きもしない。

ただでさえ、訳ありの案件かもしれないというのに、これ以上込み入った事態になったら、俺はもうどう対応していいかわからないぞ。

「し、志穂、待て」

「こんばんは」

だが、再度俺が身を乗り出したちょうどそのとき、がらりと引き戸が開いてしまった。

「すみません、電話で何回も行き違いがあったうえに、人数も予約時間も、突然変更してしまって……」

客は四人。

最初に店内に足を踏み入れたのは、見た限りその集団で最年少の、おそらくは幹事役なのであろう、ふわふわとした髪の女性だった。

後に続くのは、幹事役の女性より数年だけ先輩と見える、優しげな男性と、つけまつげが印象的な派手な女性。

そして、四十代前半と思われる、眼鏡を掛けた男性だ。

誰もが皆伏し目がちで、それぞれ、黒ネクタイや黒いスカートを身につけていた。

（よーし、よくぞこの場に連れ出した。桃《もも》ちゃん、よっしー、とっきー、偉いぞ）

と、客を見回すや、脳内で稲田さんが上機嫌に笑う。

知り合いだったのか⁉　とぎょっとした俺は、そのときふと、彼らが揃いのストラップを首から下げているのに気が付いた。

よく店に来る敦志くんも、それを使って社用携帯を下げている、白文字で会社名の入った、爽やかな水色のストラップだ。

そう、敦志くんとまったく同じデザインの——。

「いえいえ、全然お気になさらないでください。三ヶ月も前のご予約でしたもん、変更があるのも当然ですよ。ご予約ありがとうございました、稲田さま」

兄に対するのとは打って変わって、志穂がにこやかに切り出す。

「うっそー……」

さっきの神様じゃないが、思わず俺は呟いてしまった。

敦志くんが昼に言っていた、「突然亡くなった会社の先輩」というのが稲田さんであり、このお客さんたち——墓参りを終えてきた彼らこそが、稲田さんの「料理を振る舞いたい相手」だと、ようやく理解したからだ。

「あ、その、稲田なんですが……彼は、ここには来なくて」

おそらく予約は、生前の稲田さんがしたものだったのだろう。

すでに彼が亡くなっていることを知らない志穂の発言に、幹事役の女性が視線を逸らす。目に、涙が滲んでいた。

「とりあえず中に入ろうよ」

そう促す男性も、「お邪魔します」ときっちり頭を下げる女性も、店内の灯りに照らされると、目が赤く腫れているのがわかった。

「…………」

その中で、たった一人、表情を変えずに暖簾《のれん》をくぐる、眼鏡を掛けた最年長の男性。

(あーあ、墓参りの日ですら鉄面皮でやんの)

溜め息を吐く稲田さんの言葉がなくても、わかる。

ただ一人無表情な彼こそが、稲田さんが「泣かせたい」と願う相手、目白さんだった。

＊＊＊

「それじゃあ……献杯」

夜の部開店直後の、他に客もない、四人だけの席は、まるで通夜のような静けさだった。

いや、墓参り後だから、例えはあながち間違いでもないのか。

ふわふわとした髪の女性——桃井《ももい》さんといい、同僚からは「桃ちゃん」と呼ばれていると稲田さんが教えてくれた——が、小さな声で切り出すが、先輩二人は無言でグラスを持ち上げただけだ。

ちなみにこの二人、善良そうな男性のほうは吉本《よっしー》さん、メイクが派手な女性は時田《とっきー》さんというそうだ。

なお、桃井さんの隣、上座に掛けた目白さんに至っては、グラスも持ち上げず、終始無言を貫くだけだった。

俺や志穂が注文の品を運び込むときだけ、桃井さんと吉本さんが「温かいおしぼり、嬉しいですね」とか「わあ、うまそう」などと盛り上げようとしてくれるが、時田さんは頑《かたく》なに視線を逸らし、目白さんもまた押し黙ったままなので、会話はすぐ立ち消えてしまう。

ことことこと……。

メインであるぶりもまだ出ていない中、テーブルの真ん中に置かれたコンロの土鍋だけが、健気に出汁の煮える音を立てていた。

静まり返った店内で、志穂は慎重に皿を拭きながら、こっそりと目配せを寄越す。

——どうしちゃったの、お客さんたち。

これではおちおち、店員同士の会話もできないのだろう。

気持ちはとてもわかるが、すまん志穂、俺にもよく状況がわかっていない。

（うーん。ひっでえ空気。いくら俺というムードメーカーを欠くからって、ここまで沈まなくとも。普段はもっと、和気藹々としてんだけどなー）

これには、俺の中にいる稲田さんも困惑気味だ。

（せっかく無事、一年がかりのプロジェクトも終わったわけじゃん。俺なんて、いそいそ三ヶ月も前から打ち上げの予約を入れてたんだから、皆も律儀に墓参りなんてしないで、もっと弾けりゃいいのに）

どうやらこの宴席は、プロジェクトが終わる頃を見越して、打ち上げにと稲田さんが予約していたものだったらしい。

今いる四人と稲田さんは「目白チーム」として、社内でも期待の寄せられる新商品を開発しており、そのリリースが今週だったそうだ。

「わあ……この出汁巻き、すごく美味しいですね。ほっとする味、っていうか……」

「ほんと……。リリースも無事済んで、そういう意味でも、ほっとしました、し」

サイドメニューの出汁巻き玉子を口にした桃井さんと吉本さんが、ぎこちなく会話を繋ごうとするが、やはり目白さんは、箸にすら手を付けないままだ。

とうとう、先付けの粕《かす》漬《づ》けを食べていた時田さんが、はあっと短い溜め息を吐き、大きな音を立てて箸を置いた。

「あたし、こういう性格なんで、単刀直入に聞きますけど。稲田さんの件で、内部調査を受けたって噂、本当なんですか、目白さん」

その瞬間、テーブル席の空気が凍り付く。

「あ……っ、そろそろ鍋の具、持ってきてもらいましょうか？」

「ビール、お代わりどうですかっ」

桃井さんと吉本さんが、腰を浮かして話を逸らそうとしたが、時田さんは二人をひと睨みで黙らせた。

（よーし、よく踏み込んだ、とっきー！　さすがだ。とっきーなら行くと信じてた！）

緊迫する空気の中、稲田さんだけが、今にも口笛を鳴らしそうなほど上機嫌だ。

もしや、目白さんを、チーム仲間で吊《つる》し上げることが目的だったとか言わないよな⁉

（行け！　今だ踏み込め！　躊躇うんじゃない！　声出して行け！）

稲田さんは、まるで戦士を鼓舞するように、声を張り上げる。

それが聞こえたわけではなかろうが、時田さんだけでなく、彼女に睨まれた桃井さんも、椅子に座り直し、覚悟を決めたように言い添えた。

「……実は、私も、その話を聞きたいと思っていました」

「僕もです」

温厚そうに見えた吉本さんまでもが、眉を寄せ、思い詰めた顔をしている。

「もし噂が本当なら、……僕、我慢できません」

激情を押し殺すような低い声に、俺は思わず冷や汗を滲ませた。

どうしよう。どうしよう、どうしよう、思い出の料理で心を解《ほぐ》すどころじゃない。

今初めて、「てしをや」が弾劾《だんがい》裁判の現場になろうとしている。

「あーっと、そろそろ鍋の蓋を――」

ひとまず場の空気を和《やわ》らげようと、俺はテーブル席に近付きかけたが、それより少しだけ早く、ずっと取り皿を眺めていた目白さんが、初めて口を開いた。

「……君たちは、私がいなくなっても、やっていけるか」

鬼上司、というあだ名の通り、低く、素っ気ない声だ。

三人が押し黙ったのを見て、目白さんは少し考えてから、こう言い直した。

「私はいなくなるが、君たちには頑張ってほしい」

大げさでなく、部下たち三人がひゅっと息を呑むのが聞こえた。

俺もまた、乗り出していた身を引っ込めた。

とても、割って入れる空気ではない。

「……じゃあ、本当なんですか?」

時田さんの声が震えている。

「あんな、パワハラなんて根も葉もない噂のせいで、目白さん、辞めちゃうんですか?」

彼女が続けた言葉に、俺はえっと目を見開いた。

根も葉もない、噂？

密かに動揺する俺の前で、目白さんは箸の位置を直す。

神経質というよりは、丁寧な仕草だった。

「……根も葉もないもなにも。私が、横暴で鼻持ちならない上司だということは、部下の君たちが一番よく知っていると思う」

おそらく、それはずっと彼の中で何度も組み立てられ、点検されてきた言葉だったのだろう。

目白さんは、一度口火を切ると、後はまるで事業計画の説明でもするかのように、滑らかに話しはじめた。低く、通りのよい声だ。

「私はこの通り、親しみやすい人間ではない。褒めるのも下手、感情を傷付けずに叱ることもできず、部下のモチベーションを下げたまま、高い要求ばかり押し付けてきた。それをパワハラだと感じるなら、本当にその通りなのだと思う」

癖なのか、目白さんはくいっと、眼鏡の縁を押し上げる。

だが、顔は相変わらず、俯いたままだった。

「君たちが、陰でしょっちゅう泣いていたことも、知っていた。私のもとに配属が決まった者は必ず泣くという、噂が立っていることも。可哀想には思ったが、それでも意見は変えられないし、口調だけ和らげても、うまくいかない。せめて、能力を付けさせることで、君たちにもメリットがあればと、思っていた」

淡々と続けられる告白に、時田さんがはっとしたように身を乗り出す。

「そうです。お陰で『目白チーム』は、ヒット数だって部内一で――」

「君たちが活躍してくれるおかげで、多少胸のつかえが取れた。だが」

しかし目白さんは、軽く手を挙げ、訴えを遮ってしまう。

彼は「だが」ともう一度呟き、声が掠れていることに気付くと、咳払《せきばら》いをしながら両手を口の前で組んだ。

「そこに稲田くんが来て」

出てきた名前に、俺の中の稲田さんが「おっ」というように片方の眉を上げる。

時田さんたちも一斉に表情を改め、じっと目白さんを見つめた。

彼らの上司は、頑なに部下たちと視線を合わせず、鍋用の取り皿のあたりをじっと見つめていた。

「……ムードメーカーというのは、本当にいるんだなと。皆の顔が明るくなって、議論が一層活発になって、難航しがちだった営業部との折衝も、急にうまく行くようになった」

しんと張り詰めた空気を解すように、目白さんが小さく笑う。

「皆、彼のもとでよくまとまっていて……君たちが、周囲からは『目白チーム』ではなく、『稲田部』と呼ばれていることも、知っていた」

ただしそれは、愉快さを表すものではなく、苦い、自嘲の笑みだ。

俺の体に収まった稲田さんは、

（あら……知られてたか、恥ずかしい）

と、まるで悪戯が知られてしまった子どものように舌を出している。

こんな場面でも朗《ほが》らかな彼とは裏腹に、目白さんは、いよいよ、組んだ両手に口元を押し付け、一層深く俯いてしまった。

「本当は彼のような人間が上に立つほうがいいのだなと、改めて思った。それはそうだ。稲田くんは、本当によくできた、私の下にいるにはもったいないような、素晴らしい……素晴らしい人材、だった」

徐々に途切れがちになる口調。稲田さんを過去形で表現しなおすとき、とうとう、目白さんは声を詰まらせた。

それを、と続ける声が、震えている。

彼が口に両手を押し当てているのは、嗚咽を堪えるためなのだと、誰の目にもわかった。

「それを……っ、私が、仕事を振りすぎたせいで、過労死させてしまったのではないかと、思うと、とても、働き続けることなんて……っ」

眼鏡の奥の目が、懸命に瞬きを繰り返している。

涙を散らすためだ。

桃井さんは目を真っ赤に潤ませ、吉本さんは呆然とし、時田さんは何度も首を振ったまま、なにも言えずにいた。

「知っているかもしれないが、彼が亡くなる直前、飲みに連れ出したのは私だ。残業続きだったから、どこかで息抜きさせねばとずっと思っていて、だが、私から誘うのも迷惑だろう、それより早く帰らせたほうがと迷い続けて……するとその日、彼が誘ってくれた」

ろくに飲み屋も知らなかったから、店もすべて稲田くんが決めてくれた。自分はぎこちなくないよう振る舞うのが精一杯だったと、目白さんは恥じ入った様子で告白した。

「彼は、飲みの席でも本当に陽気で、気さくだった。ずっと楽しげに振る舞って……」

(……だって、楽しかったですもん)

ふと、頭の中の稲田さんが、溜め息をこぼすように笑う。

(憧れの上司とサシで飲めるなんて、楽しい以外、ないでしょ。目白さん、酔うと方言出るの、初めて知ったし)

憧れ。

親愛の籠もった呟きに、俺ははっと目を見開く。

稲田さんの独白は、しかし鍋を囲む四人の耳に届くことは、ないのだった。

「だが、疲れた状態で無理して飲んだから、彼は……熱中症に」

(自業自得ですってば。現に目白さん、心配して夜も翌朝も、電話くれてたでしょう?)

「私がもっと、気を付けてやれば……私が殺したも同然だ。いいや、事実、私が殺したんだ。彼を激務で疲れさせて、とどめに、気疲れする飲みの席にまで連れ出して」

（違う）

「一度……労いたかっただけなんだ。日頃負担を強《し》いてしまっていることを詫びて……、こんな上司の下でも頑張ってくれていることを、感謝したかった。それなのに……っ」

（違いますってば。ああもう！）

一向に伝わらぬ声に、稲田さんがもどかしそうに頭を掻こうとしている。

目白さんは、取り乱した自分を恥じるように、素早く眼鏡をずらし、おしぼりで目元を拭うと、再びブリッジを押し上げた。

「とにかく、このように……私は、一流の人材を潰すような、人間だ。君たちをこれ以上押し潰すことがあってはと思うと、とても、働き続けることなんてできない」

ちょうど土鍋の湯気を浴びた眼鏡は曇ってしまい、目白さんの表情はわからなかった。

「リリースを終えるまではと、ここまで居座ってきた。だが、今日無事にそれも済んだ」

彼はそのまま顔を隠すように、深々と頭を下げた。

「今まで本当にすまなかった。私は職を辞すから、君たちには……せめてこれからは伸び伸びと、頑張ってほしい」

静まり返った店内に、ことことと鍋の煮える音だけが響く。

桃井さんも、吉本さんも、時田さんも、すっかり空気に飲まれ、身じろぎ一つできずにいた。

(桃ちゃん、よっしー、とっきー。頼むよ。なんとか言ってやってくれよ)

稲田さんが、焦《じ》れたように呼びかける。

声には、復讐心なんてかけらもない。

当然だ、稲田さんは厳しい上司への報復なんて願っていやしなかった。

ただ、持ち重りのする罪の意識を、いつまでも一人で抱え込み、頑なに周囲に見せようとしない目白さんを、解放したかっただけなのだ。

稲田さん以外の三人だって、彼と同じく、目白さんを慕ってきたのだろう。

だから、彼が内部調査などという不名誉を被《こうむ》ったことが、許せなかった。

我慢できない、というのは、稲田さんがパワハラを受けていたことが、ではない。

そんな誤解を上司が受けてしまったことが、という意味だ。

(なあ)

だが、三人は、涙する上司を前に、完全に硬直してしまっている。

それはそうだ。こんな悲壮な訴えを前に、なんと声を掛けていいのか。

神様から未練解消を任された俺だって、調理も手つかずで、稲田さんの思いをなにに託して伝えてよいのかわからない状態だ。

いったい、どうすれば――。

(ぶり)

だがそこで、きっぱりとした稲田さんの声が響く。

(なあ、てっしー。ぶり出して。ぶりしゃぶ。頼むよ)

ことここに及んで今、ぶり⁉

俺はぎょっとしたが、稲田さんは頑として譲らなかった。

(今だからこそぶり！　ここで出さずしていつ出すんだ、頼むから！)

まるで、戦局を見通す武将のように決然とした声だ。

もしかして、ぶりはこのチームにとって、思い出の品か何かなのだろうか。

この場に割って入るのは相当な勇気を要したが、それ以外に、この硬直した空気を解きほぐす方法も思いつかない。

俺は、志穂がぎょっとするのもかまわず、ぶりの刺身の載った皿を冷蔵庫から取り出すと、内心で「ままよ！」と唱え、テーブル席に突入していった。

「お待たせしましたぁー！　ぶりしゃぶでーす！　ひんやり大根おろしとどうぞー！」

ああ、その瞬間のいたたまれなさを、いったいなにに喩《たと》えればいいだろう。

俺は、今後生涯にわたって苦い思い出として再現されるだろう場面を覚悟し、腹に力を込めた。

――が、返ってきたのは意外な反応だった。

「……ぶり」

目と鼻を真っ赤にしていた桃井さんが、ぽつんと呟き、まるで縋るようにして俺を振り向いたのである。

「ぶり……。そうでした。ぶり！」

「ぶりだ！」

向かいの吉本さんも、はっと目を見開き、椅子を蹴《け》らんばかりの勢いで皿を受け取る。

「ぶりです！　ぶりが来ました！」

「目白さん！　ぶりです！」

時田さんまでもが、つけまつげをバサバサ鳴らしながら、目白さんに呼びかける。

いったいなぜ三人がこうも盛り上がるのかがわからなかった俺は、ぽかんとしたが、それは目白さんも同じであるようだ。涙を引っ込め、怪訝な顔をしている。

「目白さん。こっ、これ、ぶりです。今日はぶりしゃぶです。これ……これ、稲田さんが、生前に予約したものです」

ふわふわ髪の桃井さんは、顔を真っ赤にし、何度も言葉を噛みながら身を乗り出す。

「稲田くんが……？」

「そうです。リリースが済んだら、絶対ぶりで打ち上げしようぜ、って決めてたんです」

「だってあたしたち、『いなだ部』だから」

「は……？」

皿を持った吉本さんも、急いで皿を置くスペースを確保しだした時田さんもまくし立てたが、目白さんはいまだに話について行けずにいる。

「目白さん。ぶりの幼魚って、なんて言うか知ってます？」

「え……。はまち？　だったかな……」

「お兄さん！　教えてあげてください！」

突然の質問に目白さんが戸惑っていると、吉本さんがぱっと俺を振り向いた。

だが、突然聞かれても……ぶりの幼魚の呼び方？　なんだっけ！

「関東では、一番小さいものを『わかし』、少し大きくなったものを『いなだ』と呼んで、実際に食べるのは『わらさ』から。大きなものは『めじろ』と呼んで、七十センチを超えたものを『ぶり』と呼びます」

言葉を詰まらせた俺の代わりに、志穂がカウンター越しにすらすらと答えてくれる。

聞いていた俺が「あっ」と思うのと同時に、時田さんたちが誇らしげに胸を張った。

「わかります？　ぶりって『いなだ』になって『めじろ』になって、『ぶり』になるんです」

どうだ、と言わんばかりの口調である。

三人はぽかんとした目白さんに向かって身を乗り出し、互いの言葉尻を奪い合うように、

それによれば、もともと「目白チーム」は、周囲からは密かに、「目白養殖所」と呼ばれていたのだそうだ。

どんな人間を放り込んでも、必ず目白さんが一流の人材に育て上げてくれて、なのに、ものになった瞬間、よその部署に引き抜かれてしまうからだ。

ところが二年前、そこに「稲田」さんが加わったことで、あだ名に変化が訪れる。

面白がった人が「いなだ漁じゃん！」と言い出したのだ。

その結果、チームはしばらく、会う人会う人皆から「よっ、いなだ漁！」「今年は大漁？」などとからかわれたという。

「いなだ漁」から転じて、チームはいつの間にか「いなだ寮」と呼ばれだした。

さらに、「寮」だと学校っぽいよね、という理由から、「いなだ部」へと変化したそうだ。

「つまり、『いなだ部』っていうのは、『稲田さんがまとめるチーム』という意味ではなく
て、『目白さんの育てている幼魚がいるチーム』という意味です」

吉本さんが代表してまとめると、すぐに桃井さんが、「私たち、誇りを持って『いなだ
部』を自認していました」と相槌を打った。

時田さんに至っては、ちょっと悪戯っぽい表情になって、目白さんに打ち明けた。

「もちろん、稲田さんもです。たとえば前、私たちのチームの活躍をやっかんだ他部署の

上司が、『おまえたちも大変だなぁ、叱られてばっかで。目白に潰されちまうぞ』って、同情するふりをしながら、嫌味を言ってきたことがあったんですけど」

「でもそのとき、稲田さんは笑いながらきっぱりと、こう言っていました」

——いやぁ、俺たち「いなだ部」なんで。鍛えられてるんですよ。いつか目白さんを抜いて立派なぶりになるんで、楽しみに待っててください。

「なんだそれ……」

目白さんは、笑おうとしたようだった。

ふ、と、噴き出そうとして、けれどうまく行かず、やがて、唇の端を震わせはじめた。

稲田さんは、その光景をただ見守っていた。

（もう大丈夫）

手出しもせず、俺に伝言も頼まず、ただ満足そうに、頷いた。

（ちょっと背中さえ押してやれば……とっきーたちなら、ちゃんと伝えられる）

その声が聞こえでもしたように、三人は次々に主張を始めた。

「目白さんはさっき、『私は知っていた』『私は気付いていた』って好き勝手言ってくれましたけど、あたしたちだって、目白さんの性格、知ってますから」

最初に切り出したのは、すんと鼻を啜った時田さんだった。

「あたしたちのことを叱った後は、すっごく落ち込んでること。企画書が悪いって叱るのは、そりゃ企画書が悪いからですよ。自分で読み返しても、意味不明だったりしますもん。なのに目白さんは、それを自分の責任として抱え込んで」

しっかりと施されていたメイクはところどころ流れ落ち、つけまつげもずれようとしている。

それでも彼女は目白さんを見つめたまま、伝えることを止めようとはしなかった。

「褒めるのが下手なのは、……それは、本当にそう。いつも、嘘がないからです。褒め言葉なんて適当に言えばいいのに、何時間も考え抜いて……。前、プレゼンに失敗したあたしに激励メールを送るとき、書いては消して、を五回以上繰り返してましたよね。後ろに当人が通りかかっているのも気付かないで、黙々と」

あの日の激励メール、あたし、保存してるんです。

時田さんはそう付け足した。

「それに目白さん、絶対に僕たちのこと、見捨てませんよね」

次に口を開いたのは、吉本さんだ。

彼は、穏やかそうな垂れ目に、きゅっと力を込め、目白さんの瞳を正面から射貫《いぬ》いた。

「EXシリーズの新商品のとき……調達部が全然、売れるって信じてくれなくて。マーケもそれに飲まれて、あれだけ盛り上がっていた役員たちが、会議中にどんどん梯子《はしご》を外してきて……なのに目白さんだけは、次々資料を出して、最後まで……守ってくれて」

彼もまた涙を堪えているのだろう。

声は途中で掠れ、震えてしまった。

「会議の後、調達部の部長が目白さんにこっそり、嫌味を言ってきたじゃないですか。馬鹿な若手ばかりで、マーケの先が思いやられるって。そうしたら目白さん、淡々と『へえ。見る目ないですね』って返して。僕、聞いてたんです。目白さんは、覚えてますかね」

ぽろっと、吉本さんの目からも涙がこぼれ出た。

「僕……めちゃくちゃ嬉しかったです。本気なんだって、わかったから……嬉しかった」

「わ、私も」

横で鼻を啜っていた最年少の桃井さんが、勇気を得たように後に続く。

「私、前の部署では、マスコット扱いでした。ちやほやされてたから、初めて叱られたときには、びっくりして。な、泣いたりもして。でも……ダメ出しした後、目白さんは、絶対、直すところまで付き合ってくれるんです。何時間も、何日も」

彼女はおしぼりでごしごしと涙を拭くと、きりっと顔を引き締めた。

「『そこまでしなくても』って宥《なだ》める稲田さんに、目白さんが『信じられない』って怒っているところも、ごめんなさい、聞いちゃいました。『五年目になっても、まともな企画書の一つも書けない。誰も彼も彼女を放置してきたんだ。無責任だ』って」

そのとき自分は初めて、恥ずかしくなったのだと桃井さんは言った。

ここは仕事をする人の集まりで、なのに甘やかされる環境にあぐらを掻いてきた自分は、とても恥ずかしいことをしているのだと。

同時に怖くなった。

自分は、甘やかされ——このままでは使い捨てられてしまうと。

「努力を、しました。初めて。頑張ったところを、目白さんは絶対、気付いてくれました。つらかったけど……なんか部活みたいで、楽しかった。頑張ることが……気持ちよかった」

桃井さんはそこで、大きな瞳からぼろぼろと涙をこぼした。

「目白さん。『いなだ部』に配属が決まった人は泣くって、本当ですよ。でも、『いなだ部』から去る人もまた泣くって、評判でした。みんな、離れたがらないからです」

三者三様の告白を聞き、稲田さんもまた、そうなんだよなあ、と小さく笑った。

（俺だって、配属初期は嫌だったよ。バカヤローって叫んだ。なんて頑固なんだって。でも……その頑固さに、なーんか、やられちまうんだよなぁ）

声にほんのり苦さを混ぜながら、彼は語り出した。

それは稲田さんが異動してきてすぐのこと。

自社の主力商品と競合《カニバリ》してしまわないよう、あえて売れ筋から「外れた」新商品を提案せねばならない、という案件が回ってきたそうだ。

社内での新商品説明会を控えた稲田さんは、裏事情を営業部に伝えるべきだと訴えた。

腹を割って話したほうが、営業部の人間は納得してくれると考えたからだ。

むろん、そこにはパフォーマンスの意味もある。

営業部に資料をプレゼンするのは、若手の稲田さん。聞き手は、スポーツ部上がりの、根性と誠実を愛する熱血漢タイプの営業部長。

彼の心を掴むには、率直に事情を打ち明け、必死に頼み込んでくる熱心な若手、という構図のほうが、うまく機能しそうに見えた。事実、営業部時代の稲田さんは時折そうした演出を加えることで、部長お気に入りの座を掴んできたのだ。

だが目白さんは、稲田さんが徹夜で作った「正直ベースの、営業部の胸を打つ資料」を、断固として退けた。

そして眉を顰めて問うたそうだ。

「本社の営業部長はそれでいいかもしれない。だが、『実は社内的な目的があるので、売れないかもしれない商品を持ってきました』なんて資料を持たされたら、末端の営業はどう商談に臨めばいい？」

思わず黙り込んだ稲田さんに、目白さんはさらにこう畳みかけた。

「たとえば君は、恋人に『本当はあなた以外に好きな人がいるんだけど、お金を持ってるからあなたと結婚することにしたわ』と正直に言われて嬉しいのか」

いや、きれいごとでも、俺のことが好きだからって言ってほしいっす。

稲田さんは苦笑しながらそう答え、資料を作り替えたという。

「きれいごとを語るのが私たちの仕事だ」

目白さんはなにかにつけ、そう語ったそうだ。

現実を見つめるのは営業部の仕事。泥臭い現実を知る彼らは、夢を見ることなど許されないのだから、ほかでもない自分たちが、理想を描き出さねばならない。

とびきり美しい夢を、社内の人間までもが信じたくなる希望を、掲げてみせねばならないのだと。

(理想主義者なんだ、これで。すごく純粋で、ロマンチスト。でも、マーケはそうじゃなきゃいけない。……俺はずっと、ずるいやり方ばっか得意だったからさ。真正面からぶつかる方法を、目白さんから初めて、教えてもらった。好きだったよ、この仕事)

初めて、稲田さんの声に、湿ったものが混ざった。

(離れたくなかった)

くいと、口の端が持ち上がる感覚。

これが稲田さん流の、涙をごまかす方法なのだろう。

泣くことが苦手な彼の代わりに、うさぎのような目をした桃井さんが続けた。

「私たち、少しでも目白さんに近付きたかった。でも、自信がないから、量で勝負するしかできなくて。考え続けるのが仕事、と思ってる節があって、つい残業もしがちで……。

目白さんは、少しでも早く帰れるようにって、配慮してくれていたのに……っ」

「すみません。目白さんが調査を受けた原因に、もし部下の長時間労働があるなら、それは僕たちのせいです」

「だって、ちょっとでも『いなだ部』を知っていれば、目白さんのパワハラを疑う人なんて、いませんもん。だからご遺族だって、目白さんを責めなかったじゃないですか」

吉本さんの言葉を継ぐようにして、時田さんが肩を震わせた。

「目白さん、もっと人前で、泣いてくれたらよかったのに……っ。涙を全然見せないから、誤解されるんです。溜め込んでばかりで。……すみません」

顔をぐしゃぐしゃに歪めて、時田さんは、嗚咽まじりの詫びを寄越した。

「あたしたちが、頼りないから……っ」

「この打ち上げをする頃には、僕たちも『ぶり』に近付いているはずだったんです。だから、稲田さん、しゃれのつもりで、ここを……三ヶ月も前から、予約してたのに……っ」

「いつまでも……『いなだ』どころか『わかし』のままで……ごめんなさい……っ」

次々と泣き崩れる部下たちを前に、目白さんは呆然としていた。

「なんだ、それ……」

そんなダジャレ、と突っ込もうとしたようだが――いいや、彼はもう、笑みを取り繕うことすらできず、眼鏡の下から、とうとう涙をこぼした。

「そんな……はは。稲田くんらしい……」

ぐ、と、喉を鳴らし、大きな嗚咽を漏らす。彼は眼鏡を外し、おしぼりに顔を埋めた。

「そうか……。こんな私のことを、……慕ってくれていたのか」

彼は両手に顔を押し付けた姿勢のまま、何度も「そうか」と呟いていた。

「――……ぶり」

ごしごしと目元を拭いた桃井さんが、顔を上げ、再び告げる。

「食べましょ。ちょっとお皿、失礼します」

彼女はなにかを思い切ったように、勢いよく土鍋の蓋を外すと、菜箸を取りながら目白さんの取り皿に手を伸ばした。

たっぷりと脂の乗った、銀色の断面を見せる腹身を掬い、くつくつと煮えた昆布出汁の中にそっと落とす。

表面がすうっと白くなったのを確認すると、中がまだほんのりピンクのそれを、桃井さんは冷えたポン酢皿に移した。

同じことを、自分を含めた三人分繰り返している間に、時田さんや吉本さんが、黙々と大根おろしをぶりに載せ、上から小ねぎを散らす。

「あ……ありがとう……」

瞬く間に整えられたぶりしゃぶを前に、目白さんがもごもごと礼を述べると、桃井さんは菜箸を置き、膝の上で両拳を握った。

「……私たちじゃ、だめですか」

「え？」

「私たちじゃ全然、稲田さんの代わりになんか、なれませんけど……でも、頑張ります。もっと努力します。だから……、辞めるなんて言わないで、私たちのこと……っ」

桃井さんの取り皿のすぐ横に、ぱたぱたと涙の粒が散った。

「もう少し、大きくなるまで、育ててもらえませんか……っ」

深々と頭を下げた桃井さんを見て、脳内の稲田さんが優しく笑う。

（さすが桃ちゃん。いつもド直球）

それが皮切りとなってか、ほかの二人も、次々と目白さんに向かって身を乗り出した。

「僕からもお願いします、目白さん。辞めないでください」

「お願いです。絶対、目白さんに大漁旗、振らせてみせますから……っ」

（よく言った）

口を引き結んで震えている目白さんの代わりに、稲田さんが満足げに頷く。

そして彼は、俺の体を使って、こっそりと目白さんに向かって頭を下げた。

（頼みます。こいつらのこと、どうかお願いしますよ、目白さん）

まるで稲田さんの言葉を聞き取ったかのように、目白さんがふっと笑みを浮かべる。

「なんなんだ、もう。皆して」

鼻声だったし、目は真っ赤に充血していたが、自嘲の色が消えていた。

「――食べよう」

やがて彼は、ポン酢皿を手に持つと、取り分けてもらったぶりしゃぶを箸で掬った。

どっさりと載せた大根おろしごと、霜降り状態のぶりを一口で。

きゅんと酸っぱいポン酢に、とろりとした甘さの脂、きりりと冷たい大根おろし。

目白さんの口の中では今、それらが混ざり合った至福の味わいが広がっているはずだ。

「……うまいなあ」

だから、彼がしみじみと呟いたのは、全部ぶりのせいだ。

噛み締めるそばから、ふ、ふ、と吐息が漏れるのも、湯気で曇った眼鏡の下を、後から後から涙がこぼれ落ちていくのも、全部。

肉厚で、脂の乗った、大きく育ったぶりのせいに違いないのだった。

「君たちを……せめて、『めじろ』を越えるくらいには、育ててからでないとな」

箸を置いてから、震える声で告げる上司に、部下三人はばっと顔を上げる。

「それって！」

「ああ」

一斉に身を乗り出した三人に気圧されたように、目白さんは顔を逸らす。

だが、眼鏡を拭いて掛け直すと、今度は、しっかりと三人の目を見つめ返した。

「辞表は、取り下げることにするよ」

「よかったー！」

三人の反応はそれぞれだ。

桃井さんは感極まって両手で顔を覆い、吉本さんはぐっと拳を握り、時田さんは涙を流しながら目白さんの手をぶんぶんと振りはじめる。

（うっし！）

稲田さんもまた、ガッツポーズをしながら大きく仰け反ろうとしたので、俺は慌てて姿勢を正した。

一介の店員がそこまでしたら、さすがにおかしい。

でも、そうだね、稲田さん。境内のときとは違って、今回は本当に「うっし！」だ。

（よっしゃー！　やったぜとっきー、でかしたよっしー、さすがだ桃ちゃん！　おまえらならやれるって、俺、信じてた！）

「改めて献杯！」と元気にグラスをぶつけはじめた四人と同調するように、いつまでも叫び続ける稲田さんを、俺は温かく見守ることにする。

その後、目白さんは酒が回るにつれ方言を披露しだし、それと比例するように、いかに稲田さんが素晴らしい部下であったか、そしてほか三人にいかに期待しているかを、滔々《とうとう》と語り出した。

その饒舌《じょうぜつ》ぶりといったら、三人が呆気《あっけ》に取られるくらいだ。

(目白さんさ、訛《なま》りが出るからって気にして、普段ああいう淡々とした話し方してるんだぜ。可愛くねえ?)

一足先にそれを知っていた稲田さんは、ニヤニヤと高みの見物である。

三人は、いつまでも続く賛辞に驚き、照れ、やがて笑い出し、それでも時々涙を浮かべながら、稲田さんの思い出を語り——宴会は、始まったときとは打って変わって和《なご》やかに、お開きとなった。

「なんだか、これも稲田さんの掌の上、って感じしません? 最後の最後まで、本当に要領がいいというか、根回しがうまいというか……」

そんな感想を、残しながら。

四人は会計時、揃って「お店で大泣きしてすみません」「ご迷惑を……」と恐縮しながら、それでも肩の荷物をすっかり下ろした様子で、店を出ていく。

連れだって歩く彼らを、稲田さんは満足そうに見守っていた。

(はぁー、楽しかった。ありがとな。てっしーのおかげだわ)

「これでよかったですか? 俺、全然何もしてないんですけど……」

率先して洗い物を引き受け、水の音で声を掻き消しながら、俺の中にいる稲田さんに、おずおずと問いかける。

今回、特に調理をするでもなく、稲田さんの代弁者を務めるわけでもなかった俺が、礼を言われるのは居心地が悪かったのだ。

稲田さんがかつて営業部のエースだったというのは、本当なのだろう。

彼は、あちこちにちょっとずつ頼って、「ありがとう、君のおかげだよ」なんて笑いながら、結局のところ、全部自分で手を回し、事態を解決してしまっていた。

それを伝えると、稲田さんは例のかしこまった口調で「おかげさまです」とおどけ、さらに俺のフォローまでしてくれる。

（いや実際、てっしーには感謝してるよ。最高のタイミングで出してくれたじゃん、ぶり）

「でも、本当にそれしかしてなくて……。メッセンジャーを引き受けた身としては、もっと稲田さんの言葉を、目白さんに伝えたほうがよかったんじゃないのかな、とか」

（いーの、いーの。俺の気持ちは、ちゃんと三人が伝えてくれたし）

いったいどれだけ寛容なのか、稲田さんはカラカラと笑うだけだ。

泡にまみれた食器を見下ろしながら、それにさ、と、彼は優しく目を細めた。

（俺に頼るんじゃなくて……あいつら自身の言葉で、目白さんを引き止めてほしかったんだ。生きてる人は、生きてる人と話して、手を取り合っていくしかないんだから）

俺と皆は、もう、道が分かれちゃったんだからさ。

稲田さんは、もう一度その言葉を繰り返すと、くいっと口の端を引き上げた。

(最後の最後に、皆からの絶賛も聞けて、めちゃくちゃ楽しかった。未練なんてゼロよ)

彼のその笑みが、本当はどういう意味を持つものだか、俺はもう知っている。

「……そうですか。さすがですね」

(だろー?)

「はい。さすがエース」

だから、今日尻に滲んだのは、涙なんかではなく、きっと、皿から跳ねた水滴だ。

(ありがとな、てっしー)

どこまで俺の考えを見透かしたものか、稲田さんが静かに告げる。

穏やかで、満足げな声だった。

俺たちはそのまま、無言で最後の一皿までを洗い終え――スマートで、かっこつけで、事実かっこいいサラリーマンの稲田さんは、溶けるようにして消えた。


「お兄ちゃん」

――と、客席をきれいに拭き終え、玄関のチェックまでも終えた志穂が、厨房に回るや、潜めた声で尋ねてくる。

「もしやとは思うけど……誰か、憑いてる？」

「えっ」

一息に核心を突いてくる妹に、つい調理台を磨く手が止まってしまった。

「な、なんのことかな？」

「やっぱりそうなんでしょー！　だって、さっきのお客さんたち、やたら落ち込んでたし、かと思えばやたら泣き出すし。だいたい、開店一時間以上もして、ほかのお客さんが全然入ってこないの、おかしいもん」

それで、玄関の札が「準備中」になってはいまいかと、わざわざ確かめてきたらしい。

志穂はまるでトイレの空き室を確かめるみたいに、俺の額をこんこんと叩いた。

「まだいる？　もしもし、どちら様ですか？　もう未練って解消しています？　申し訳ないんですが、ほかのお客さんにも来てもらいたいので、人払いとかはやめてくれませんか？」

「もう無事に去っていったし、そもそも稲田さんは人払いなんてしてねえよ」

ぐいと手を追い払うと、志穂は「えっ、噂の稲田さんが入ってたの⁉」と目を丸くし、かと思えば、すぐに納得した。

聞こえてしまった目白さんたちの会話が、一本の線に繋がったらしい。

「そっかぁ……。もしかして稲田さんの未練って、上司を引き留めたい、とかだった？　だとしたら、無事に願いが叶って、よかったね」

「ああ。最初はこの場で弾劾裁判が始まるのかって、ひやひやしたわ……」

志穂は「稲田さん」の件に興味津々《しんしん》のようだったが、客の会話を勝手に話題にしてはよくないと思ったのだろう。短く「よかった」とだけ相槌を打ち、皿を拭きはじめる。

訪れた沈黙に、そのまま流されることもできたが、俺はふと、稲田さんの言葉を思い出して顔を上げた。

——生きてる人は、生きてる人と話して、手を取り合っていくしかないんだから。

志穂の発言の真意を確かめることは、その発言を聞いた俺にしかできない。

神様に死者の魂を下ろしてなんかもらわずに、俺が、俺自身の言葉で、志穂に問わねばいけないのだ。

どうしたいかを、自分の言葉で、伝えなくてはならない。

「——あのさ」

誰も客のいない店内。

冷蔵庫とエアコンの振動音だけが聞こえる空間で、俺はおもむろに、切り出した。

「さっきの……昼のさ、『もし私が突然いなくなったら』って、どういう意味?」

「え?」

「おまえ……もしかして、店、辞めたかったりする? いや、べつに、責めてるとかじゃ、全然なくて」

ぱっとこちらを振り向いた志穂に、つい早口になってしまう。

止まってはいけない。

伝えなくてはいけない。

言葉を噛んでも、まくし立ててしまってもいいから、とにかく、告げる勇気が掻き消されてしまう前に、早く。早く。

「あのさ、店を休みたいんだったら、べつに俺、全然数時間くらい一人で回せるし。でもやっぱ、丸一日とか、数日ってなると厳しいと思うんだよな。もちろん、現状に甘んじていたいわけじゃなくて。志穂が気兼ねなく休めるようにしたいとは、常々思ってて……」

ああ。勝手に相手の反応を先読みして、こちらの意見を伝えておこうとするあまりに、どんどん話が逸れていってしまう癖は、どうしたら直るのだろう。

「べつに今回がそういう意味じゃなかったとしても、志穂だってそのうち、け、結婚、とか出産？　とかしたりして、それ以前に、病気や怪我《けが》だってありえるんだから、その辺はしっかり考えておかなきゃいけないと思うんだ。いや、気付かされたというか。俺、もっと頑張るよ、うん。定食屋、好きだし」

だめだ。これでは「おまえが辞めてもいいように頑張る」という主張になってしまうぞ。

「だから……いや、だから、じゃなくて、その」

――行け！　今だ踏み込め！　躊躇うんじゃない！　声出して行け！

なぜだかそのとき、桃井さんたち三人に向かって発破《はっぱ》をかけていた稲田さんの声が蘇り、俺は無意識に背筋を伸ばした。

思い詰める目白さんを前に、固まってしまっていた桃井さんたち三人。

それはきっと、掛ける言葉がないからではなく、思いがせめぎ合いすぎて、どう伝えていいかわからなくなってしまったからなのだろう。

的外れなことを言ってしまわないか。

相手をかえって追い詰めやしないか。

自分の言葉は、正しく相手に受け止めてもらえるか。

でも、恥を掻く心配より、傷付くことへの恐怖より、相手とわかり合いたいという切実な願いが勝《まさ》るからこそ、人はきっと声を出すんだ。

「頑張るんだけど……し、志穂に店を辞められるのは、困る」

俺が店を辞めたら困る、悲しいと、なんのてらいもなく言ってみせた神様を思い出す。

ああ。おどけてでもいい、あんな風に、素直に思いを伝えられたなら。

「悲しい。や……辞めてほしくない。だってさ、やっぱ、おまえのいない『てしをや』なんて考えられないんだ」

言いながら、ぐるりと店内を見回した。

よく磨かれた黒木のカウンターに、行儀よく揃えられたテーブル。

八角の箸に、季節ごとに色を変える箸置き。

手書きのメニューや、飾り棚に置かれた造花籠は少々安っぽいかもしれないが、どれも素朴な味わいで、清潔な暖簾をくぐった途端立ちこめる南蛮だれや揚げ油の匂いは、きっと誰のことをも懐かしい気持ちにさせるはずだ。

親父と母さんが作り上げ、志穂が日々ぴかぴかに磨いて繋いできた、「てしをや」。

こぢんまりとして温かなこの空間を、やはり、俺一人では、維持することなんてとてもできない。

「俺、『てしをや』が好きだよ。おまえを助けるためだけじゃない。飯食って、ほっとする客を、俺自身が見たいんだ。俺にはもう、この店を続けていく理由がちゃんとある。でも……やっぱり、志穂なしの店なんて、考えられない」

きっぱりと、言い切る。

皿と布巾《ふきん》を手にしたまま、目を丸くしている妹を、俺は正面から見据えた。

「俺にとっては、おまえが先を泳ぐ『めじろ』なんだ。俺がもうちょっと大きくなるまで、育ててくんねえかな」

たっぷり五秒ほど、志穂は俺のことをまじまじと見つめていただろうか。

「――なーにそれ」

やがて、持っていた皿を棚に片付けながら、小さく噴き出した。

「お客さんの会話、勝手に引用したらダメだよ」

ふっと肩の力が抜けたような、穏やかな笑みだった。

志穂は流れるような手付きで皿を拭きつつ、呆れた様子でこちらを振り返る。

「ていうか私、次の土曜営業の日に、数時間店番を頼みたかっただけなんだけど。なんでそんな大げさな話になってるの？」

「はぁ⁉　なんだよ、やっぱその程度のことだったのかよ！」

「人の話をちゃんと聞いてよ、もー」

「おまえがいっつも、大事なところに限って省くからだろ！」

俺も横に並んで、調理台を拭きはじめたら、後はもう、いつもの兄妹の会話だ。

「違いますー、お兄ちゃんがすぐ思い詰めるだけですー。結構、想像力すごいよね？」

「人を妄想癖があるみたいに言うなよな。だいたい、おまえ――」

「あっ、お客さんだ！」

たまにはガツンと言い返してやろうと、大きく身を乗り出した途端、ガラリと扉の開く音がする。

「こんばんはー。いやぁ、寒くなったねえ」

「ああ、本田《ほんだ》さん！　いらっしゃいませ！」

すっかり接客モードに切り替わった志穂は、俺のことなんてもう見てすらいない。

それまで人払い状態だったぶん、神様が気を使ってくれたのか、常連さんの来訪を機に続々と客がやって来たので、俺も慌てて厨房を飛び出した。

「あ、すみません、おしぼりをー」

「注文いいですかー？」

「はい、ただいま！　あっ、今夜はぶりしゃぶがお勧めですよ」

「おおー、いいねえ」

途端に賑やかになった——生きている人の声でいっぱいになった店内が、なぜだかふと、掛け替えのないもののように思える。

俺はそれまでの物思いもすべて忘れて、忙しく動き回った。

そう、物思いも忘れて。

志穂が土曜に店を離れたがったのはなぜなのか。

それを切り出すとき、深刻な表情を浮かべていたのはなぜなのか。

すっかり置き去りにしてしまった疑問が、数日後、大きく膨れ上がってのしかかってくるということを、そのときの俺は知らなかった。

## 四皿目　焼き秋刀魚《さんま》

手水鉢《ちょうずばち》の水に、吹き流されてきたらしいイチョウの葉が、ぽつんと浮かんでいる。

秋だなぁ、と呟きながら黄色い葉を摘まみ上げた俺は、指に触れた水の冷たさに、思わず肩を竦めた。

秋も深まった十月の朝。

境内に差し込む日差しは穏やかだが、吐き出す息はほんのり白い。

「うー、さみ……。朝なら夜よりマシかと思いきや、朝のほうがむしろ寒いじゃん」

俺はぶつぶつとこぼしながら手指を清め、ビニール袋を携え御堂に向かった。

そう。今日の俺は珍しく、深夜ではなく早朝に、神社にやって来たのである。

「あー……でも空気はきれいだ……気持ちー……」

それというのも、昨夜友人――元同僚の久保田――としこたま飲んで、見事二日酔いになってしまったからである。体調不良とまではいかないが、全身が重く、眠気がひどい。

ここは一つ、開店前に神社の清浄な空気を吸って、体に活を入れてやろうと、そう思い立ったわけであった。

「うぅ、二日酔いでも土曜でも休めないとは、定食屋ってのは難儀な商売だぜ……」

今日は土曜。

会社員のお客さんが多い「てしをや」は、土曜は暇なことが多いため、普段の俺なら、開店ギリギリまで惰眠《だみん》をむさぼってしまうのだが、今日ばかりはそうもいかない。

なぜなら、志穂が「お兄ちゃんにお店を任せて、ちょっと出かけてきたい」と申し出た日だったからだ。

たしかに最近の志穂は、日々の定食屋経営に、法事の準備にと、自分の時間をまったく取れていなかった。

なんの用事かは知らないが、引き受けてやるのが兄というものだろう。

一人で店を回すというのは、かなり勇気の要《い》ることだが——なに、もともと明日の法事に備えて、今日の夜営業はなしにしようと決めていたのだ。

客入りの見込めない土曜の、それも昼営業だけなら、さすがになんとかなるはずと、俺も覚悟を決めたわけだった。

いや、覚悟を決めたついでに、なんで酒を控える決意も固めておかなかったんだろうな、昨日の俺……。

後悔先に立たず、という戒《いまし》めをなぞりつつ、重い足取りで御堂に近付く。

ガサガサとビニール袋の中で揺れる本日のお供えは、お裾分けのつもりで買ったウコン飲料だ。

と、小さな瓶を賽銭箱の横に置こうとしたそのとき、新しい日本酒が置かれているのに気が付いた。

俺も知っている銘柄だが、またも見知らぬ誰かによって供えられたものだ。

おやまあこの神社も、とうとう俺以外の常連に恵まれるようになって……と、なぜだか親のような感慨を抱きつつ、日本酒とウコン飲料の瓶を、ぴたりとくっつけて並べてみる。

背丈も太さも違う二本の瓶は、まるで寄りそう親子のようだ。ちょっと微笑ましい。

俺はすっかり慣れた手付きで鈴を鳴らし、神様に話しかけた。

「神様ー。おはようございます。お元気ですか？　俺はヘロヘロですよ。昨日、同期と飲みすぎちまって……。あ、久保田とのモヤモヤを解消してくれたの、神様ですよね。その節はお世話になりました。無事わだかまりが解けまして、お祝いし直してきたところです」

お陰で二日酔いですけど、と呟き、ちらりと賽銭箱の横に視線を落とす。

「最近、お酒のお供え多いみたいじゃないですか。神様も時々、二日酔いになったりしません？　よければどうぞ。俺も今飲んだばっかで……たぶん、もうすぐ効いてくる」

自己暗示の意味も込めて告げるが、御堂はちっとも光らない。

まあ、朝だし、お供えがウコン飲料じゃ、仕方ないか。

「神様、まだ寝てますかね……。ま、今度俺もいい酒持ってくるんで、そのときはしっかり話を聞いてくださいね。実は、真剣に願いたいことがあるんですよ」

話しているうちに、どうしても声が暗くなってしまう。

鈍く痛むこめかみを揉みながら、俺は目を伏せ、昨夜——久保田と飲みに行く直前に、店にじいちゃんが現れたときのことを思い出していた。


それは、深夜に近い時間帯。

後の店じまいを志穂に託し、俺が店を去ろうとしたときのことだった。

すでに「閉店」の札を掛けていたにもかかわらず、玄関扉をガラリと開けて、じいちゃんはやって来た。

「ん」

仏頂面の彼が告げたのは、こんばんはでも、邪魔するぞでもなく、そんな短い言葉だ。

前触れのない登場に驚いた俺は、慌てて「じいちゃん！」と声を掛けたが、

「あ……店の話？　ごめん、こっちから電話しようと思ってて、ずっとそのまま——」

「こん中から好きなやつば選べ」

じいちゃんは言い訳を遮り、ばさ、となにかをカウンターに投げ出した。

分厚いクリアファイルが、二つ。

中にはそれぞれ、企業名や部署名が記された書類と、複数の名刺が入っていた。

「どいでん、立派な会社ばい。俺が口ば利いてやる」

なんと、啖呵を切るだけ切って、その後姿を見せないと思っていたら、じいちゃんはいつの間にか、孫の転職先の手配をして回っていたのだ。

俺はぽかんと口を開け、志穂もまた、驚きで閉店作業の手を止めてしまった。

「いや、じいちゃん。俺たち、ちゃんとこの店を、続けていくつもりだからさ」

やがて、先に我に返った俺が、なんとか切り出すと、すぐに志穂も後に続いた。

「そうだよ、おじいちゃん。私たち、毎日楽しく定食屋をやってるの。おじいちゃんの気持ちは嬉しいけど、就職先なんて必要ないんだ。心配しないでほしい」

「うん。べつに大儲《おおもう》けできる職業じゃないけどさ、俺たち、すごくやりがいを――」

「なんば言いよっとか」

だが懸命な主張は、吐き捨てるような言葉で遮られてしまった。

「まだそがんことば言いよっとか。今がよかったって、五年、十年したらわからんやろうが。病気で働けんごとなったらどがんすっとか？　年ば取ったらどがんすっとか？」

しわがれた声は、どこまでも厳しい。

ぴしりと打ち据えるような口調に、俺たちはすっかり気圧されてしまった。

「でも、お母さんたちだって、楽しく、ちゃんと生活を続けてきていて……」

「それで最期《さいご》に、あがんことになってしまったやろうが」

志穂が辛うじて反論すると、じいちゃんは一層語気を強める。

「銀婚式の記念旅行が、日帰りのバスツアー。居眠りする運転手しか用意できんごた、つまらん格安旅行会社の、一番安いプランで、たった半日遊ぶのが精一杯。『貧乏暇なし』、そのものばい」

皺に囲まれた険しい瞳は、ぐるりと店内を見回していた。

「……安普請の、平凡な店たい。信子《のぶこ》が実家におった頃は、季節の花ば飾って、皿も立派かとば使いよった。それが、このざまはなんか。こがん安っぽか造花ば飾って、安物の皿ば使って……。安定を捨ててまでして手に入れた暮らしが、こがんものか」

「じいちゃん」

「そんな言い方って……！」

「ああ、もうよか。日曜の法事の後に、話し合おう」

身を乗り出した俺たちにくるりと背を向け、じいちゃんはさっさと扉に手を掛けた。

「それまでに、就職先ば決めとけ」

そうして、定規が入ったようにまっすぐ背筋を伸ばしたまま、店を出ていったのだった。

「どうしたら、わかってもらえるんだろうなあ……」

白い息が朝の空気に溶けていくのを、俺はぼんやりと見つめた。

吐き出す息が、心なしか苦い。友人としこたま飲めば悩みなんて吹っ切れるかと思ったが、そんなことはなかったようだ。残念ながら、物思いには、酒に溶ける性質などないのだろう。

どれだけ横やりを入れてきたところで、俺たちに無理矢理店を畳ませる権利なんて、じいちゃんにはない。

法事の後、じいちゃんが怒鳴ろうが脅《おど》そうが、こちらが突っぱねればそれで済む話だ。

だが、血の繋がったじいちゃんに、俺たちの選択を、ひいては母さんたちの人生を、これからもずっと、ああして罵られ続けなくてはならないのだろうか。

そんなつらいことって、ないじゃないか。

クリアファイルの中身を見てみたら、どれも錚々《そうそう》たる会社のものばかりだったし、かつ、俺はSEとしての経験を、志穂は調理師の資格を生かせるように、配属先までよく考え込まれていた。職に困っていたなら、喜んで飛びついていただろう優良物件ばかりだ。

おそらくだが、じいちゃんがここまでの強行に及ぶ理由は、「孫の人生を思い通りに支配したい」というものでもないのだろう。

俺たちにも、やりがいのある職に就いてほしいとは、じいちゃんも考えてくれている。

事実、孫の人生を案じているのだ。

ただ——その当人がどれだけ、「定食屋をやっていて幸せです」と訴えても、じいちゃんは信じてくれないんだよなぁ。

「んー……」

俺は軽く頭を振って、思考を切り替えた。

普段ならすぐにでも神様に縋るところだが、それを躊躇ってしまったのは、明日に両親の法事を控えていたせいだ。

だって、明日は仏様に両親を弔《とむら》ってもらおうというのに、片や祖父のことは神様頼みって、さすがに節操がないっていうか。

せめてクリスマスと正月くらいには日を開けなきゃいけないのでは、と、俺なりに慣れない配慮をしてみたのだった。

それに、願い事をすると、ほぼ確実に取り憑かれて働かされてしまうので、それを避けたいという事情もあったりする。

最近さすがに高頻度すぎだし、特に今日は、一人で店を回さなくてはならないので、他人様の未練解消を手伝っている場合ではないのだ。

「ま、いいや！　今日のところは、無事に昼のワンオペ営業を乗り切ることを考えなきゃ。また今度、じっくり悩み事を相談させてください。神様はひとまず、ウコンでも飲んでてくださいよ」

俺は軽く肩を竦め、話を締めくくることにした。ウコン飲料が効いたのか、だいぶ体も楽になってきた。そろそろ店に向かう時間だ。

だが、俺が最後の一礼をしようとした、その瞬間。

――ほう、たまには殊勝《しゅしょう》なことも言うではないか。

朝日に紛れて、御堂がぼうっと光った。

「え……っ、神様⁉ 朝から出てくるなんて珍しいじゃないですか！」

思わず叫ぶと、神様は「寝ぼすけのように扱うな」と文句を垂れ、重い溜め息をこぼした。

――いやぁ、おまえがあまりによいタイミングで、ウコンなど差し入れてくるものだから……。正直、助かったぞ。昨夜はちと、長く酒を飲みすぎた。

「え、神様、本当に二日酔いだったんですか？」

そんなこともあるのかと驚けば、神様は賽銭箱の横に置かれている新しい日本酒のせいだと言う。

——その酒を持ってくる者がなぁ、酒のセンスはいいのだが、とかく話が長い、長い。とはいえ切実なのはわかるし、なにしろ酒はうまいから、ちびちびやりながら付き合っていたんだが……聞いている間に酒の発酵が進んでしまうかと思ったぞ。

口ではぶつくさ言いながら、やはり面倒見のよい性格である。

神様は、くああ、と肩でもぐるりと回すような素振りを見せながら、唐突に問うた。

——して、おまえの願いは、「妹なしで無事に昼営業を乗り切りたい」だったかな。

「はっ？」

ぎょっとしたのはこちらのほうである。

同時に、なんとも言えない嫌な予感を抱いて、じわりと冷や汗を滲ませた。

神様が俺の願いにわざわざ言及するときは、たいてい、ろくなことが起こらないんだ。

「い、いや、べつにそれは、願いっていうか……単なる決意表明ですよ。神様に手を貸してもらうまでもないっていうか」

——ははっ、遠慮するな、愛《う》いやつめ。そうさなあ、一人で店番をするのは初めてだもの、緊張もしよう。誰かが傍《そば》にいたら、心強いのではないか？　傍というか、中・に。

「いや、結構！　結構ですって！」

ほら、やっぱり！

この神様、朝っぱらから俺に仕事を手伝わせようとしている！

——まあ、そう言うな。私にも、願いを叶えられるときと叶えられぬときがある。縒り合わせられる願いがあるときは、極力叶えてやりたいのだ。でないと仕事が片付かんし。

「どこまでも神様の都合じゃないですか！」

というか、俺の願いの認定方法が、日に日に強引になってはいないか。

俺は、素早く境内を走り去ろうとしたが——ああ、時すでに遅く、鳥居の下には、朝靄のような白い影が立ちこめはじめていた。

——紹介しよう。この男は、市橋浩助《いちはしこうすけ》。料理はほぼ妻任せであったから、調理経験が豊富なわけではないが、この者の家の隣人が魚屋をやっていてな。まあ、魚の調理関係なら、頼れることもあるかもしれん。たぶん。

「本人とは全然関わりない要素をセールスポイントに使うのやめましょうよ！」

俺のツッコミもむなしく、影はどんどん立体感を増し、ふっくらとした体型と丸眼鏡、そしてその奥にある小さな瞳が印象的な、中年男性の姿を象っていった。

『ああ、どうも、朝早くから申し訳ないねえ』

困惑気味に頬を掻く仕草や、柔らかな物腰から、穏やかな人だろうと察されるところが、救いと言えば救いだろうか。

優しい人が優しい想いを伝える展開なら、こちらもあまりハラハラせずに済むかもしれない。

――ちなみに、料理を振る舞いたい相手は妻だそうだが、この者と妻は、生前、喧嘩が絶えなかったそうだ。ははっ。

「ド修羅場確定じゃねえか！」

つい口調を乱して叫んでしまったが、浩助さんは困ったように、

『いやあ、死ぬ直前は僕も忙しくて、心に余裕がなくて。元は、そう喧嘩っ早い人間でもないんだよー。……たぶん』

と頬を掻くだけだ。

そして、頬を掻きながら、彼はしっかりと、こちらとの距離を縮めていた。

『それじゃ、あまり時間を無駄にするのも申し訳ないし、失礼するねえ』

「ちょ、待……っ」

神様といい浩助さんといい、なんでそう「申し訳ないねえ」っていう顔をしながら、自分の都合をしれっと押し通してくるんだ！

『じゃ――フュージョン！』

ほわん。

結局、渾身《こんしん》のツッコミもむなしく、よりによって、一人で昼営業を乗り切らねばならないこのタイミングで、俺は浩助さんの魂を受け入れてしまったのだった。

＊＊＊

――結論から言おう。

数時間とはいえ、初めてのワンオペ営業。

そこに神様案件が重なるなんて、とは思ったものの……実際のところ、浩助さんに憑いていてもらって、大変助かった。

（あ、哲史くん。ほうじ茶の茶葉、そろそろ引き上げておいたほうがいいんじゃない？）

「ああっ、そうだった！」

（それとさ、今日は昼営業だけで、しかも土曜で客が少ないんだろう？　おしぼり、そんなにたくさんウォーマーに入れなくていいんじゃないかな。片付け、手間じゃない？）

「本当ですね……！」

とこのような感じで、俺がうっかり忘れている点や、やりすぎている点を、第三者の視点から冷静に指摘してもらえるのだ。

浩助さんは、調理の経験こそ乏《とぼ》しかったが、会社では長年総務をしていたらしく、「他人の業務」を素早く観察し、効率化することのエキスパートだった。

いわく、「タスク整理と効率化なら任せて」とのことだ。頼もしい。

彼は、あれもしなきゃ、これもしなきゃと緊張していた俺に、見込み客数や提供開始時間などを尋ね、さらには冷蔵庫の中身や調理器具を確認し、あっさりとタスクの仕分けをしてくれた。

それによれば、俺は今日、張り切って食材の買い出しを行う必要もないし、大がかりな下ごしらえをする必要もない。

なぜならば、そのほとんどを、前夜のうちに志穂が済ませてくれていたからである。

（うう～ん。見込み客数の精緻《せいち》化、のみならず注文の予測まで済ませるとは……。妹さん、

やるねえ）

ワーカホリック気味の志穂は、俺一人に店を任せることが相当心配だったのか、衝撃的なじいちゃんの急襲に遭遇した後も、下ごしらえ済みの肉や魚を個包装にして冷凍し、さらには液だれや出汁、付け合わせの煮物まで用意してくれていた。

冷凍庫にはラベルを貼られた大小のタッパーが几帳面《きちょうめん》に並び、俺の仕事は、実質これらを取り出して温めるだけだ。

しかも、注文が入らなかったぶんはそのまま冷凍しておけば、法事明けの月曜の営業にちゃんと使えるという寸法だ。

実に考え抜かれた仕事だった。

あいつ、それこそワンオペで店を回せてしまうんじゃないか。

せめてと思い、俺は最近すっかり慣れてきた味噌汁《みそしる》作りに取りかかる。

だが、目敏《めざと》い浩助さんはすぐに「それって何人分？」「具にする食材は余りが出ない単位で使ったほうがいいんじゃない？」と次々アドバイスを寄越してくるので、俺は途中で天を仰いだ。

「俺の仕事、全然ないじゃないですか……！」

志穂にせよ浩助さんにせよ、手や口を出してくれるのはありがたいんだけど、こんなにお膳立てされては、まるで俺が、なにもできない子どものようだ。

(そんなことないよー。それに、手を差し伸べられてるんなら、それにありがたーく乗っかったほうがよくない?)

「それはそうですけど……でも、いずれは俺一人でしなきゃいけないことなのに。毎回妹に前倒しで下ごしらえさせるわけにも、誰かに取り憑いてもらうわけにもいかないじゃないですか」

俺の体を使ってこてん、と首を傾げた浩助さんに、ぼそぼそと反論する。

「俺が責任持ってやらなきゃいけない仕事なんですから、ずっと手が貸せるわけじゃない人に、手出しされたくないんですよ、正直」

こういうのって、子どもっぽい意地なのだろうか。

だが、二日酔いを押してまで——自業自得だが——、張り切って店にやって来たのに、こうも先回りして仕事を整えられてしまうと、肩透かしというか、少々拗ねた気持ちになるのも事実なのだった。

(——……そっか)

ばつの悪さを噛み締めていると、俺の中の浩助さんが、ふと口元を綻《ほころ》ばせる。

(それは、すごくわかるなあ。ごめんんね)

「え?」

意図が掴めなかった俺は聞き返したが、浩助さんはなんでもないと笑って答えない。

そうこうしているうちに、あっさりと開店準備を終えてしまい、俺たち一人と一体は、しんと静まり返った店内で、かなりの時間を持て余すこととなった。

（……暇だねえ）

「……そうですね。ちょっと気合い入れすぎました」

時折雑談が発生しても、なにせ効率化を愛する男性と、特別社交性があるわけでもない俺の二人だ。すぐにラリーが終わり、沈黙に戻ってしまう。

そうだ、今こそ浩助さんの未練の内容を聞き出せばいいんじゃないかと水を向けると、彼は特に温度を感じさせない口調で、淡々と説明を始めた。

（妻が、最近仕事がますます忙しいようで、ピリピリしていてねえ。それじゃあ子どもが可哀想だから、美味しい魚でも食べて、肩の力を抜いてほしいなと思ったんだ）

説明によれば、浩助さんは丸の内にオフィスを構える会社の総務部長で、享年《きょうねん》五十歳。日々真面目《まじめ》に働いていたのだが、一年前に脳梗塞《のうこうそく》を起こして亡くなったらしい。

そんな彼が、食事を振る舞いたいと願う相手は、十歳年下の奥さん、貴理子《きりこ》さん。

貴理子さんは、ものすごく仕事ができる人で、お子さん二人に恵まれた後も、フルタイムでバリバリと働く、いわゆる「ワーママ」であったそうだ。

何事もテキパキとこなす姿は格好いいのだが、一方では少々きつい性格でもあるらしく、生前は家事や育児の分担を巡って、しょっちゅう喧嘩をしていたという。

(まあ、あの頃は、僕もちょうど昇進したてで、仕事量も多くて苛々していたからなぁ。仕事が落ち着いたら、夫婦仲も落ち着くと思っていたんだよ。でもその前に、脳梗塞を起こしちゃって、ぽっくり。はは、働き方も死に方も、親父そっくりで、笑っちゃった)

笑い事ではないと思うのだが、浩助さんはのんびりと口元を緩めた。

(ある意味喧嘩別れみたいな形だし、以降の育児を貴理子にすべて託してしまうわけだし。食事の一回くらい、ごちそうしたほうがいいんじゃないかなー、と)

生前喧嘩が絶えなかったという割には険悪な感じではないが、かといって、「愛する妻をどうにか励ましたい」といった強い情熱が感じられるわけでもない。

なんだか、「たくさんポイント溜まっちゃったから、使っとこうかなー」くらいのノリに見える浩助さんに、俺は少々困惑した。

「ええっと、魚、というのは、お二人の思い出の品とかですか?」

(うーん。まあ、これっていう思い出があるわけじゃないんだけど……近所に魚屋があったから、よく買っていてねえ。魚を焼くだけなら、僕にもできるし)

この、こだわりがあるような、ないような感じ。

夫婦って、このくらいの絆なんだろうか。

たとえば今、俺が恋人の夏美を遺して死んでしまったとしたら、どうだろう。

さすがにオムレツのジルさんみたいには嘆かないだろうが、それでも、伝えたい言葉をたくさん並べて、限られた時間いっぱい、相手の心に働きかける努力をすると思うんだ。なのに、結婚という重大な儀式を経《へ》て、子どもまで儲けて、そこから何年も一緒に過ごしてきた二人は、こんなに相手に対して淡々としていられるのか。

結婚ってなんなんだ……と、俺が深遠なテーマについて考えはじめてしまったとき、浩助さんが思いついたように顔を上げた。

(あ、秋刀魚《さんま》)

「え?」

(秋刀魚、買いに行かない? 今日って十月の第二土曜日でしょ。家の近所の魚屋で、秋刀魚のスーパーセールをやってるんだよ。立派な秋刀魚が一本百円)

突然の提案にびっくりする。

「さ、秋刀魚を買いに行くんですか? 今から?」

(うん。開店までまだ二時間近くあるし、間に合うでしょ? 大丈夫、ここから二駅のところだから。ご近所だね、僕たち)

浩助さんはすでに心を決めたらしく、戸惑う俺に熱心に説得を始めた。

(最近はもはや高級魚と言われる秋刀魚。これが一尾百円なんて、お得だよー。たぶんこの秋最後だよ、買いに行こうよ。僕、魚の中では一番、秋刀魚が好きなんだ)

以前おでんの件で志穂にさんざん叱られてから、俺には独断で食材を仕入れることに、少々の抵抗がある。だが浩助さんの話を聞くうちに、徐々に心が傾いていった。

(脂の乗った秋刀魚は美味しいよー。皮はパリッ、中はふわっ、肝《きも》はほろっ。しかも焼くだけ。貴理子も喜ぶと思うな。うん。秋刀魚がいい)

そうとも、神様に託された魂が、「秋刀魚を振る舞いたい」と明確に願っているのだ。叶えてやらずしてどうする。

これまで、ずっと飄々《ひょうひょう》として見えた浩助さんが、あくまで彼自身の好物なのだとはいえ、はっきりと「秋刀魚がいい」と言ってくれたことに、ほっとする思いもあった。

さらに言えば、煮つけや南蛮漬けなどとちがって、ただ焼くだけでいいなら、俺としても気が楽でいい。もちろんこれは内緒だけど。

俺は財布と携帯を掴んで、二駅先の商店街まで足を運び、売り切れ寸前のところでなんとか二尾だけを確保する。

目と背が黒く、嘴《くちばし》の先だけちょんと黄色く、腹の銀色も艶やかな、新鮮な秋刀魚だった。

(わー、立派だ。エラも赤々してるし、尻尾を持ってもまっすぐしてる。うんうん、これはいい秋刀魚だよ)

浩助さんは上機嫌だ。

たしかに、買った二尾はどちらも、ぱんと音がしそうなほど身が張っていて、尻尾を下にして掴んでも、まるで刀のようにまっすぐ立って倒れなかった。

魚屋は本当に浩助さんの家のすぐ近くだったので、少しだけ回り道をして、生家を覗いていくことにする。

浩助さんは終始感慨深げに目を細め、家だけでなく、馴染みの通勤路や、子どもの通学路まで、逐一案内してくれた。

中でも説明が熱を帯びたのは、真新しい体育館が印象的な小学校の傍を通ったときだ。

（ここはね、亮太《りょうた》――上の子の通う小学校。今日まで作品展公開日だったんだ）

亮太くんは絵と作文が得意で、浩助さんは魂となった後、いち早く校内展覧会に駆けつけたのだという。

生前は忙しく、なかなか学校行事に参加できなかったので、新鮮な体験だったようだ。

（いやあ、楽しかったな。家の顔と全然違うんだもん。我が子たちは、本当に頼もしい）

浩助さんが子どもたちの成長を見守れたのは結構なことだが、そんな道草を食いながらのものだから、店に戻ったのは、開店ギリギリの時刻となってしまった。

ひとまず秋刀魚は冷蔵庫にしまい、慌ただしくエプロンを身につける。

そこから俺と浩助さんは、不慣れながらも一人での営業に努めた。

と言っても、忙しく感じたのは、十二時ごろ同時に二組のお客さんが入ったときだけで、後はさすが閑散《かんさん》日というか、ちらほらと少人数のお客さんがやって来ては去り、を数度繰り返しただけだ。まるで神様が加減でもしてくれているのか、一人のお会計を終えた頃、絶妙な具合に次のお客さんが入ってくる。

その波も、十四時過ぎにはふつりと途切れ、俺たちは再び時間を持て余すことになった。あと三十分もしないうちに、昼の部のラストオーダーだ。

「奥さん、なかなか来ませんね」

（うーん。とりあえず、準備だけしておく？）

そわそわする俺とは逆に、浩助さんはおっとりと告げる。

頷いた俺が体の主導権を彼に明け渡すと、浩助さんは慣れた手付きで、秋刀魚二尾をまな板に横たえた。

（料理は本当に妻任せだったんだけど、秋刀魚を焼くのだけは僕の担当だったんだ。あなたの好物なんだから、あなたが焼いてよねって言われて）

真っ先に彼が取りかかったのは、秋刀魚の鱗《うろこ》とりだ。

包丁を軽く当て、腹びれから尻尾にかけて、そっと鱗をこそげ取る。

それから、流水ではなく、ボウルに張った濃いめの塩水で、指先で撫でるように洗った。

新鮮な秋刀魚が、ボウルに押し込まれるのを嫌がるようにぴんと身を張っている姿が、なんだか清々《すがすが》しい。

続いて浩助さんは、キッチンペーパーできれいに水気を拭き取ると、さらにひとつまみの塩を両面にまぶし、手で優しく馴染ませた。

ちょっとかけすぎでは、と思ったが、塩はたっぷりと振ったほうが、皮がパリッとして美味しいらしい。

しばらく待っていると、艶々とした銀色の体表に、じわりと水滴が浮きはじめる。

浩助さんはそれもきれいに拭き取ると、今度は、ガス台の下に設置されている、店では普段使っていないグリルの前に陣取った。

（この店には魚焼き網もあるけど、僕、グリルしか使ったことがなくて。いいかな？）

申し訳なさそうにお伺いを立てられたが、もちろん彼のいつものやり方で調理してもらうに越したことはない。

俺は即座に頷いた。

よかった、と応じた彼が、グリルの網に油を塗り終えたその瞬間である。

（──あ、来た）

刷毛を置いた浩助さんがぱっと顔を上げ、同時に、背後でがらりと店の扉が開いた。

「こんにちはー。『営業中』の札になってたけど、まだ注文、間に合うかしら」

待ち人の到着だ。

「はい、もちろん──」

俺はぱっと振り返って、思わず言葉を飲み込んでしまう。

「あ、ごめんなさい。やっぱり、ちょっと遅かった？」

「いえ、全然」

申し訳なさそうに首を竦めた相手を前に、俺ははっとして手を振る。

そう、俺が言葉を詰まらせてしまったのは、もちろん遅い来店を非難したからなどではない。

そうではなくて――店にやって来たのが、俺も見知った常連さんだったからだ。

「間に合ってよかった。土曜もやってたのねー、知らなかった」

「は、はい、一日でも営業日は多いほうがいいので……。珍しいですね、土曜のこんな時間にいらっしゃるなんて」

「うん。まあ、ちょっとね」

カツカツと床を鳴らす高いヒール。

上質なシルクのシャツに、シックな黒のタイトスカート。オフィスカジュアルの雑誌から抜け出してきたような装いで、いつもなら平日の十二時台にやって来る彼女。

「カウンターでもいいかしら？」

「はい。あ……七味、今お持ちしますね」

「あはは。いつもありがとう」

辛いものに目がなくて、なんにでも七味唐辛子をかけてしまうお客さん。

だから俺や志穂は、彼女をあだ名でこう呼んでいた。

――七味さん。

市橋浩助さんの奥さんとは、彼女のことだったのだ。

（まったく、なんでも本当に七味まみれにするんだよなあ、貴理子は。胃を壊すよ）

脳内で浩助さんの呆れる声がする。

まるでそれが聞こえたかのように、カウンターに頬杖《ほおづえ》を突いた貴理子さんは、ちょっと物憂げに呟いた。

「まあ、でも、今日は七味、やめておこうかな」

＊＊＊

バッグを椅子下の籠に置いた貴理子さんは、おしぼりで手を拭くと、壁に張られた手書きのメニューに軽く視線を走らせた。

彼女はとにかくなんにでも七味をかけるけれど、「ほっけさん」と違って、毎回魚を頼むといったことはなく、その時々の食べたいものを注文する。

かつ、仕事ができる人だからなのか、彼女の意思決定は、毎回恐ろしく早かった。

「そうね、じゃあ今日は――」

「あのっ、秋刀魚！」

さっさと心を決めてしまったらしい彼女が注文を口にする前に、強引に割り込む。

だって、ここで「チキン南蛮を」とでも言われてしまったら、一巻の終わりだ。

「秋刀魚、いかがですか？　とびきり新鮮なのが手に入ったんですよ」

「え、秋刀魚？」

「はい。秋らしいでしょう？　ちょうど今、焼く準備をしていたところだったので！　絶対美味しいと思うなー。お勧めですよ、いかがですか？」

カウンター越しに身を乗り出すようにして勧めると、貴理子さんは困惑気味に顎を引く。

「ああ、秋刀魚は嬉しいけど……今から焼いたんじゃ、時間が掛かって迷惑じゃない？」

「いえ全然！　夜の予定もないですし、ゆっくりしていただいて構わないので！」

力いっぱい言い切ると、貴理子さんは「そう？」と頷き、秋刀魚を注文してくれた。

「じゃあ、それをお願い。ふふ、今年まだ食べてなかったから、楽しみだな。あ、待っている間に、なにか飲んじゃおうかなー。あそこの日本酒って、昼でも頼んでいいの？」

のみならず、珍しく酒まで注文しようとしてくれる。

魚をグリルにかけた俺は、目を瞬かせた。

「もちろん大丈夫ですが……あの、お仕事の途中なんじゃ？」

貴理子さんは、休日というには似つかわしくない、いつも通りの、かっちりとした装いだったからだ。

(おー、飲んだくれ会社員)

脳内の浩助さんも、ちょっと意地悪な口調で貴理子さんをからかっている。

「まあねー。休日出勤のところを、ちょっと用事があって途中抜けしてきたの。用事を済ませたら仕事に戻るつもりだったんだけど」

だが彼女は、軽く肩を竦めてから、ぼんやりと壁を見つめた。

「……まあ、今日はもう、いいかなーって」

なんだか、疲れた様子だ。

相槌に悩んだ俺が、代わりに日本酒の銘柄と飲み方を尋ねると、貴理子さんは、甘口のものを冷やでと答える。

辛党なのに意外な選択だ。本当に疲れているのかもしれない。

九州の純米吟醸《ぎんじょう》をたっぷり注いだグラスを受け取ると、彼女は、「昼間から飲むお酒って最高よねー!」と取り繕うように笑い、酒を舐めはじめた。

つまみ代わりにと、定食に付ける漬物を先に出すと、彼女はちびちびとそれを齧《かじ》った。

秋刀魚を焼く間、大根をおろすくらいしか、特にやることもない。

しん、と静まり返った空間を埋めようとするかのように、貴理子さんが口を開いた。

「それにしても、志穂ちゃんがいないと、なんだかお店も静かねー」

「あ……」

今日は志穂がいないということに、気付いていたのか。

そして、志穂の名前まで把握してくれていたのか。

改めて彼女は常連さんなのだという実感が湧《わ》き、俺は軽く頭を下げた。

「はい。あの……ありがとうございます。こちらの名前まで覚えてくれてるなんて」

「なに言ってるの、そりゃ知ってるよー。お兄さんのほうは哲史くん、でしょう？」

おずおずと礼を述べれば、貴理子さんはそこでなぜだか居住まいを正す。

「うちの佐々井も、志穂ちゃんには大変お世話になっているようですし」

「あ……」

深々とお辞儀するふりをしながら、ニヤリと笑みを浮かべた彼女に、俺は悟った。

なるほど、敦志くんと志穂のもどかしい関係も把握済みっていうことか。

そういえば、貴理子さんって、敦志くんの上司なんだった。前におでんを一緒に食いにきてくれたっけ。

「いやー、なんと言っていいのか……すみません、うちの妹がこう、いろいろ鈍くて」

「いえいえ、滅相も。おかげで当方としましても、大変面白……興味深い思いをさせていただいておりますので」

今、「面白い」って言おうとしたな、この人。

案の定、彼女はかしこまった姿勢を早々に投げ出すと、再び酒を舐めながら、

「若い二人がじれったいことをしてると、おばさん、キュンキュンしちゃうのよね」と悪戯っぽく笑った。有能そうな一方で、お茶目な人だ。

ジュジュ……と網から脂が落ちる音がする。

それとともに、魚の焼ける匂いが店内に広がりはじめると、貴理子さんは「んー、いい匂い」と嬉しそうに口元を綻ばせる。

それから、いいことを思いついたと言わんばかりに、カウンターに身を乗り出した。

「ねえ、哲史くん、いつも営業後に賄《まかな》いを食べるんでしょ？　まだ食べてないなら、一緒に食べようよ、秋刀魚。商品だって言うなら、私、哲史くんのぶん奢《おご》るから」

「えっ、そんな」

時々部下を連れて食べに来るときもそうなのだが、貴理子さんという人は、人なつっこく、結構な世話焼きで、かつ少々強引なところがある。

俺が躊躇うと、「いいから、いいから」と話をまとめ上げ、「だってさっき、二尾グリルにかけてたじゃない」と笑って付け足した。

み、見られていたか。

そう。浩助さんは、熱源が二列あるからというのを口実に、ちゃっかり、二尾ともグリルにかけていたのである。

（そうだよー、僕たちも食べようよ、秋刀魚）

もちろん俺だって、正直、この身がパンッと張った秋刀魚を食べてみたい。

夫婦両方からの誘いを断れるわけもなく、遠慮は食欲の前にあっさりと膝《ひざ》を突いた。

「じゃ……じゃあ、食べちゃおうかな。ありがとうございます」

「わーい。一緒に食べたほうが美味しいもんね。あ、お酒も飲む？」

「いえ、それはさすがに……！」

すでにほろ酔いになっているらしい貴理子さんが、上機嫌にグラスを突き出してくるが、それは断り、代わりに大根を掴む。

「大根、おろしておきますね」

（待って、哲史くん。たしか大根は、おろし金に対して垂直に持って、優しく八の字を書くようにおろすといいんだよ）

「待って、哲史くん。勢いよくおろすと辛くなっちゃうから、こう、赤子の手を捻るように、そーっとおろすのよ」

途端に、双方向から同じようなツッコミが入るので、なんだか笑ってしまう。

ひとまず貴理子さんには「その表現、たぶん使い方間違っていますよ」と返し、俺は彼らの言う通り、優しい手付きで大根をおろした。

ふわふわとしたみぞれのようなそれをざるに移し、軽く手を押し付けて絞る。

大根おろしの水気を切っている間に秋刀魚をひっくり返し、さらに、深い緑色をしたすだちを切った。魚屋の隣の八百屋で買った品だ。

薄緑の果肉に刃を入れるや、ふわっと漂う爽やかな香り。

一方グリルからは、じじ、じゅわ、と、焦げた皮から脂の滴る音がする。

口の中に、みるみる涎が溜まっていくのがわかった。

(頃合いかな)

浩助さんが呟くのと同時に、俺はもうグリルへと飛びついてしまう。

網を引き出すと、案の定、こんがりと茶色く焼けた皮から、透き通った脂がふつふつと浮かんでは、受け皿へと滴っていた。身を崩してしまわぬよう、フライ返しを差し込み、長方形の大皿に、秋刀魚とすだちを盛り付ける。

ほかほかの白米に味噌汁を添えれば、焼き秋刀魚定食の完成だ。

「お待たせしました」

「わー、美味しそう」

貴理子さんがいそいそと箸を取る合間に、俺は自分にも同じ用意をすると、調理台内側の丸椅子に腰を下ろした。

「じゃあ、すみませんが、俺も一緒に……」

「うん。食べよう食べよう。乾杯」

貴理子さんがにこっと笑って、グラスを軽く持ち上げる。

許可を得た以上、もう遠慮はいらぬと、俺は勢いよく箸を手に取った。

普段の俺なら、まず白米や味噌汁あたりを口に含んで、逸《はや》る気を抑えてから、主役の攻略へと臨むものだ。

しかし、いまだにじじ……と健気に身を焦がし、皮の内側でふくふくと熱い脂を波立たせている秋刀魚の誘惑に勝てるはずもなく、このときばかりは、まっすぐご本尊へと箸を伸ばした。

――ぱりっ。

箸先に感じるささやかな抵抗と、皮の立てる軽やかな音。

かと思えばその下には、しっとりと脂を滴らせる、柔らかな身が横たわっている。

俺は、背中側の身をすいとほぐし、醤油も垂らさぬまま頬張った。

「…………！」

んめえ！

（あー、これこれ。美味しいなあ）

体を共有している浩助さんも、大きく相好《そうごう》を崩している。

ばりっと焼けた皮、それとは裏腹に、口の中で優しくほどける身。

強めに塩を振ったから、ところどころ、焼けた塩の粒がじゃりっと擦《こす》れる感触がする。

噛むと、はふ、と口いっぱいに広がる熱。

一拍遅れて、旨《うま》みを閉じ込めた脂がゆっくりと舌の上を走っていく。

堪らない。

そのまま二口三口と食べてしまってから、俺はようやく大根おろしの存在を思い出した。

あえて醤油を垂らすことはせず、白い塊《かたまり》をほぐした身に乗せて口に含む。

ひんやりとした大根おろしに舌を撫でられた瞬間、脂の旨みで満ち満ちていた口内に、さっと風が吹き込んだような心地がした。

すだちを絞れば、爽やかな酸味に、口がきゅっと引き締まる。

さっぱりとして、一尾なんてあっという間に平らげてしまいそうだ。

実際、すでに片身を食べ終えてしまったので、いそいそと骨を外す。もう片側には内臓があるので、これをどのタイミングで食べるのか、お楽しみだ。

ああ、やっぱりさっき遠慮なんかしないで、俺も酒を注いでおけばよかったかな――。

(あ……)

とそのとき、俺の中の浩助さんが小さく声を漏らしたので、ふと箸を止める。

なんとはなしに、カウンターに座る貴理子さんに視線を向け、ぎょっとした。

彼女は秋刀魚に一口箸を付けたきり、口を引き結び、静かに皿を見つめていた。

光の加減だろうか、きれいにマスカラを塗ったまつげが、涙で潤んで見える。

「……やだ」

視線に気付くと、貴理子さんははっと顔を上げた。

「ごめんねー、急に」

おしぼりでさっと目元を拭いながら「大根おろしが辛くて、涙出ちゃった」と笑う。

「え……っ、す、すみません」

（嘘は感心しないなあ、貴理子）

だが、慌てる俺をよそに、浩助さんはのんびりと小首を傾げた。

（大根おろし、甘いじゃない。だいたい、なんでも辛くなきゃ物足りないって言うくせに）

そうだ。彼女は辛い物好きの「七味さん」だ。

明らかな嘘に困惑していると、貴理子さんも嘘に罪悪感を抱いたのか、すぐに、

「なーんてね。ごめん、嘘。大根おろし、全然辛くないよ」

と発言を訂正した。

「全然辛くなんかない。むしろ、塩気の利いた秋刀魚が、あんまりに美味しくて」

そこで再び、じわりと目が潤む。

「美味しくて……ああ、疲れたなあって、思ったの」

朗らかな口調から一転、まるで、溜め息に溶けてしまいそうな声だった。

貴理子さんは隙を見せた自分を恥じるように、両手で口元を覆い、瞬きをする。

涙の衝動をそうやって飲み下すと、ぱっと手を離し、元気な声を取り繕った。

「突然ごめんね。なんだろう、最近涙もろくて。酔っちゃったかなあ」

貴理子さんもそうだし、夏美もそう。のり弁の夕子さんもそうだった。

料理を通じて大切な思い出に触れた人たちは、たいてい、火傷《やけど》をしたようにはっと息を呑み、それから慌てて、泣き出しそうな自分を隠そうとする。

醜態を晒したと詫びて、あるいは、涙の理由をほかにすり替えようとするのだ。

それは、羞恥心のせいというよりも、虚勢を張っているからのように、俺には見えた。

涙なんて流してはいけない、自分はもうこれを乗り越えたはずだ、自分に泣く資格なんかないのだから――と。

だが、喉元で堰《せ》き止め、内に溜めてしまった涙こそが、きっと未練の正体だ。

俺は軽く拳を握り、一歩、カウンターに向かって身を乗り出した。

「――お疲れ、なんですか」

いつも朗らかに話し、茶目っ気のある笑みと、さばさばとした雰囲気で、その場の空気をリードする貴理子さん。

きっと彼女は、自分の弱みをごく限られた相手にしか見せたがらない人だ。

今ここを逃したら、彼女が心の内を明かすことはないだろうと、ごく自然にわかった。

「よければ……少し、話してみてくれませんか」

慎重に切り出すと、貴理子さんは緩く笑ったまま、小さく首を振ろうとする。

だが——酒の力と、優しい静けさと、あとはきっと、神様の計らい。

それらに背中を押されたように、彼女は徐々に肩の力を抜き、最後には首を振るのもやめて、じっと秋刀魚を見下ろした。

「……ちょうど、一年」

やがて、ぽつんと口を開いた。

「一年になるの。私の、旦那が死んでから。先週、法事だったんだけど。おかげで最近、ばったばた。それで……ちょっとね、疲れちゃった」

組んだ両手の谷間に、顔を埋める。

「それは……ご愁傷様でした」

俺は言葉少なに返した。

浩助さんが亡くなったのは、俺の両親が事故死したのと、ほとんど同じくらいだろう。

どれだけ張り合いのある日々を過ごしていても、命日が近付くと、どっと悲しみが押し寄せる。俺たちが親を恋しがるように、貴理子さんもまた、浩助さんを想っているのだと思えば、鈍く胸が痛んだ。

「寂しい、ですよね」

「え？ やーだ、べつに寂しいってことではないんだ」

（えっ）

だが、貴理子さんが「あはは」と笑い飛ばしたので、俺たち男性陣は思わず目を見開く。

えっ。

じゃあ今のは、心が疲れたという意味でなく、物理的に疲れたというだけ？

貴理子さんは笑みを苦いものに変えると、凝《こ》り固まっているのだろう眉間《みけん》や肩を揉んだ。

「落ち込む暇なんてないもん。日々、家事育児、仕事、そこに法事まで加わって。もう、ずーっと、ずーっと、忙しくて、……ピリピリしてて」

少しかさついた手が、ぐっ、ぐっと力強く肩を揉み、そこでふと、止まった。

「……旦那が死ぬ前さ、私たち、ずーっと、喧嘩してたんだ。昇進したての旦那は、仕事で手一杯。私は、育児と仕事の両立で手一杯。忙しくて、どっちもずっと苛々して」

それから、俺の視線を避けるように俯いたまま、話しはじめた。

浩助さんが亡くなる前、貴理子さんは、育児休業から復帰した直後だったらしい。

まだまだ手の掛かる二人の子ども。

すぐに風邪を引き、怪我をして、どちらかがよくなったと思ったら必ずもう片方になにかが起こる。

長く休んだ後だからこそ、しゃかりきに働かなければと思うのにと、焦りばかりが募ったそうだ。保育園から連絡が来るたびに、小さくなって職場を抜け出した。

迷惑そうな周囲の目。容赦なく降ってくる仕事。

就業時間中、息を止めるほど集中し続け、仕事が終わるや会社を飛び出して子どもたちを迎える。

ああ、ご飯を作らなくては。

皿を食洗機に放り込み、洗濯機を回し、静音の掃除機をかける。

明日の子どもたちの支度を済ませ、そうだ、仕事の資料も完成させねばならない。

友人と連絡を、趣味の読書を、だめだ、そんな時間はない、早く、早く、早く――。

「買い物とか臨時のお迎えとか、もちろん旦那もやってくれたよ。でもやっぱり『子どもの最終責任者は母親』っていう意識が、お互いにあって。子どもに関わることは結局、全部私がやってたな。それで、苛々しちゃったの。私ばっか大変じゃない？　って」

どれだけ仕事で疲れていても、子どもが夜泣きすれば、容赦なく叩き起こされた。

眠気でどろどろになった頭を振り、充血した目を見開いて会議をこなし、保育園からの連絡を恐れながら仕事を急ぐ。

ちょっとでも間に合わないことがあれば、「これだからワーママは」と溜め息をつかれるのだと思った。

貴理子さんは、会社の中でも花形のマーケティング部――目白さんたちとは違うチームらしい――、それも数少ない女性管理職だ。

自分の働き方が不評を買えば、後に続く女性社員たちの肩身まで狭くなってしまう。

日々が緊張との戦いだった。

「それでも私は、笑顔でいようと頑張ってたんだよね。だって、母親が不機嫌な家庭って、嫌じゃない？　なのに旦那ときたら、忙しいと途端に仏頂面。溜め息ばっかで、挨拶もしやしない。想像してみて、安らぐべき家に不機嫌面で黙り込む男がいる光景。最悪だから」

（僕は僕なりに、ストレスを外に撒き散らさないようにと、必死だったんだよねえ）

浩助さんが、頬を掻きたそうに腕を持ち上げる。

梅干しでも含んだようにきゅっと顔を顰める貴理子さんとは、どうも見解の相違があるようだった。

「その溜め息をやめて、って何度も言ったな。黙り込まないで。笑顔でいて。……それでも旦那が不機嫌そうだと、こっちまで苛々したっけ。なによ、あなたは仕事に専念できるじゃない。私は両方しなきゃいけないの、どっちが大変かわかってるの？　って」

むしゃくしゃしてきたのか、彼女はすだちを摘まみ上げると、ぎゅっと絞った。

大根おろしに向かって、薄緑の滴《しずく》がぽたぽたと落ちる。

爽やかな香りに宥められたように、貴理子さんは、ふと静かな声になった。

「……でも、私も、旦那が死んでからようやく、わかったことがある」

（え？）

「ずーっと一つの仕事に専念し続けるっていうのも……つらいね」

白い大根おろしの山に、また一つ、滴が落ちる。

まるで涙を拭うときのように、貴理子さんは慎重な仕草で指先をおしぼりに当てた。

浩助さんを失い、一人で子ども二人を育てなくてはならないとなったとき、貴理子さんは一層の焦燥感に駆られたそうだ。

どちらもうまくやらなくてはならない、ではない。

とにかくまず、この子たちが食べていけるよう、働き続けなくてはならない。

自分一人で。この先何十年も。

胸を押しつぶすような焦りは、もはや恐怖に近かった。

「逃げられないんだ、って、真っ先に思ったの」

秋刀魚の皿をぼんやりと見下ろして、貴理子さんは呟いた。

「この先どんなことがあっても、仕事を投げ出すことは絶対にできない。私が、私一人の力で、家計を賄って、子どもたちを育てていかなきゃならない。最終責任者は、私」

ほんの些細《ささい》な買い物でも、家計に響かないか何度も考えることが、癖になった。

収入は毎月入ってくる、それでも残高を頻繁に確認せずにはいられなかった。

環境には恵まれたほうだ。学童や保育園を活用して無事に働き続けられているし、頼めば母親が孫たちの面倒を見てくれて、休日出勤もできる。

だが、それでも安心できない。

将来を考えると夜も眠れず、時々跳ね起きて叫びたくなるほど。切羽詰《せっぱつ》まった様子の貴理子さんを見かねて、姉が金を貸そうかと申し出てくれたこともあったという。

だが彼女はそのとき、むしろ怒りを覚えた。

そうじゃない。気まぐれな手助けを、当てになんてしたくないのだ。

自分が責任を取らねばならないこの仕事に、ずっと手を貸せるわけでもない人が、口を出さないで――。

「意地になってるって、自分でも思うよ。でも、本当に、どうしようもないの。誰にどれだけ優しい言葉をかけられても、自分自身で安心しなきゃだめなんだ」

わかったの、と、貴理子さんは弱々しく繰り返した。

「きっと旦那も、そうだったんだと思う」

ぽつりと呟くと、彼女は俯いた。

きっと浩助さんも、怖かったのだ。

強く体を強ばらせて、息を潜めて、何十年もずっと家計を支え続けなくてはいけない恐怖に、じっと向き合っていた。

どんなに仕事がつらくても、絶対に投げ出せない。

それは、忙しさで爆発するのとはまた異なり、息苦しく、じわじわと足場を狭めてくるような恐ろしさで――自分が「子どもの最終責任者」として自身を追い詰めているのと同時に、夫もまた、「家計の最終責任者」としての重圧を背負っていたのだろうと、貴理子さんは言った。

浩助さんの死後、子どもの将来を支えるため、彼がいくつもの学資保険に入り、あちこちに貯金していたことがわかった。上の子どもの妊娠がわかった直後からだ。

貴理子さんにそれを求められたわけでもないのに、浩助さんは、何年も給与から天引きを続けていたという。

コツコツと、ひたすら。

「……どうしてあのときの私は、つらさを勝ち負けで競うような考え方しかできなかったのかな、って、思うよ」

高く通った鼻が、じわりと赤くなっている。

はきはきと話す声が、ほんの少し、湿り気を帯びた。

「短距離走と長距離走みたいにさ、たぶん私と旦那じゃ、つらさの種類が違ったんだよ。なのにどうして……労れなかったのかなって。不甲斐《ふがい》ないよ。寂しいとかじゃなくて――」

彼女は、口の中の苦さをごまかすように笑った。

「謝りたい、かな。私、自分に腹が立つの」

彼女らしい、誇り高い言葉だと思った。

ともすれば、「旦那が恋しい」と泣かれるよりもよほど、胸にこたえてしまった。

突然夫に先立たれ、今まさに二種類の重圧に押しつぶされそうになっているというのに、彼女は自身のつらさを訴えるより、同じ境遇にあった浩助さんを想ってみせたのだ。

ああ、こんな奥さんの姿を見たら、浩助さんも胸を打たれるに違いない——。

(う〜ん。でも、あのとき労られても、僕は、ピンとこなかったと思うんだよね)

だが、浩助さんの反応は、俺の予想を大きく裏切るものだった。

彼はあくまで、書類の誤字を指摘するかのように淡々と、首を傾げたのだ。

(わかるよ、って言われても、わかるのかよって思ったろうし。私も働くから、いつでも仕事を投げ出していいよって言われても、縄張りを侵《おか》されたように感じただけかも。僕の苦しみは、僕だけが抱えるべきものっていうかさ)

冷静だ。さすがは総務部長だ。

だがそれにしたって、ドライすぎやしないか⁉

淡泊な反応に顔が引き攣ったが、浩助さんが続けた言葉に、俺ははっとした。

(僕のつらさが和らぐよりも、子どもたちがつらくないほうがいいよ)

困ったように頬を掻く癖。細めた目は、きっとどこまでも穏やかなのに違いなかった。

(そして君は、ずっとそれを実践してきたんだ。子どもたちにいつも寄り添って、明るく接してきた。魂として見守って初めて知ったけど、育児って、本当に消耗戦だよね)

僕は貴理子のことを、本当にすごいと思っているよ。感謝してる。

すっと心の柔らかな部分を撫でるような声を聞いて、俺は、伝えなくてはと思った。

自分を許せずにいる貴理子さんが、心から求めていたのは、きっとこの言葉だ。

「あの……市橋さん。市橋、貴理子さん。もしかして、浩助さんの奥さんですよね」

丸椅子から立ち上がり、呼びかける。

驚く彼女に、俺は、いつもの手順通り、浩助さんがこの店の密かな常連であったことにして、ここまでの彼の発言を、伝聞の形に直して伝えた。

夫婦喧嘩を、浩助さんも気に病んでいたこと。

ただし、当時の貴理子さんが共感を示したところで、きっと事態は変わらなかったし、むしろ何より大切な子どもに寄り添ってくれる姿にこそ、彼は感謝していたということ。

「…………」

だが、それを聞いた貴理子さんの顔つきは、俺の予想に反して、暗いままだった。

もしや、できすぎた内容に、作り話だと疑われているのかとも思ったが、「あの人らしい言い方だわ」と肩を竦めているところを見るに、そうでもないらしい。

「『子どもに寄り添う』、かあ」

貴理子さんは、その言葉を、まるで苦いもののように舌の上で転がす。

はは、と力なく笑おうとして、それも諦め、彼女は肘《ひじ》を付いた両手に顔を埋めた。

「……じゃあ、ますます不甲斐ないわ」

「え？」

「最近の私、家でもめちゃくちゃ、殺伐《さつばつ》としてるもん」

だらりと首を落とした貴理子さんは、疲れきった様子だった。

ますます難しくなる育児と仕事の両立。

さらにはそこに、ゴールの知れない夜道を延々と歩くような重圧が加わり、最近の彼女は、一層カリカリすることが増えたそうだ。

気付けば漏れる溜め息。

頬の筋肉は凝り固まり、そこに子どもが「おかあさん、笑ってよ」とでも言ってこようものなら、ますます追い詰められる心地がする。

夫に対し、不機嫌でいないで、笑っていてなど、いったいどの口が言ったのか。

法事の準備でばたついていた今週、上の子どもの学校では作品展覧会があったそうだ。

すっかり忘れて観に行かないでいると、子どもからは「おかあさんだけだよ、来ていないの」と責められた。

昔の自分なら素直に謝れたはずだ。

だが気付けば、「仕方ないでしょう！」と悲鳴のような声で子どもを怒鳴りつけていた。

泣き出した息子の姿にはっと我に返り、慌てて抱きしめ、寝顔を見ながら謝る。

最終展示日の今日になってようやく、仕事を抜け出し、こっそりと学校に向かった。

貴理子さんは疲れをこすり落とそうとでもするように、何度も目頭を揉んだ。

「……『かぞくのしょうぞう』ってテーマでさ。廊下にずらっと絵が貼られてるの。どの子もみんな、にこにこしたお父さん、お母さんと、手を繋いでてさ」

小学生特有の、うす橙《だいだい》のクレヨンで塗りつぶした肌。

線でにっこりと細められた目に、半月のような赤い口。

ご機嫌な「お母さん」たちの多くは、エプロンを身につけていた。

「でもうちの子の『お母さん』だけ――私だけ、バリバリのスーツを着てるの。手も繋がないで、仁王立ちよ。ぎっと前を睨みつけて……鬼みたい」

背後に佇む子どもたちは、恐れをなすように両手を挙げ、ぐっと口を引き結んでいた。

それを見た瞬間、貴理子さんの舌の上に、ざらりとした苦みが走ったという。

作文の展示もあったが、読むこともできず、仕事を言い訳に逃げるように学校を出た。

だがそのまま会社に戻る気にもなれず、今度は空腹を理由に、外をぶらつく。

そうして、閉店間際のこの店に飛び込んだのだ。

少なくともこれで三十分は、会社にも家にも戻らずに済むと思って。

「私、……なにやってんだろうって、思っちゃったの。子どもまで怖がらせてさ」

それまで軽い口調を保っていた貴理子さんが、とうとう唇を震わせる。

恥じるように逸らした視線、その目には、涙の粒が光っていた。

寂しいわけではないと、彼女は言う。

だけど――自分を許せず、怒りの涙が溢れ出したとき、縋り付く相手を見失ってしまったこの状況は、やはり、「寂しい」と呼ぶべきではないのだろうか。

「市橋さん……」

(弱ったな。泣かないでくれよ。置いて行っちゃった罪悪感が募るじゃないか)

俺がなにか声を掛けようとしたそのとき、浩助さんがふうと溜め息をつく。

(哲史くん。悪いけど、この早合点が得意な奥さんに、こう伝えてくれないかな)

そうして彼は、思いも寄らぬことを告げた。

今からでも学校に引き返すといい。

あの子の作文まで読んでいれば、よかったのにと。

「あの、市橋さん。ええと、実は俺も行ったんですよ、その作品展覧会。東第三小学校ですよね、真新しい体育館がある。実は、そう、親戚の子どもがそこに通ってて」

いきなり高度な辻褄合わせを求められた俺は、頭を捻り、先ほど通りかかったときに目撃した情報に、架空の親戚の存在を混ぜて話を押し通す。

(いいね。それでこう言ってくれる？　お宅の子、すごくいい文章を書いてましたよって)

「それで、そのときすごく素敵な作文を見つけて、思わず目が留まっちゃったんです」

矢継ぎ早に指示を飛ばす浩助さんに、内心でひいひい言いながら、俺は続けた。

（一年三組、市橋亮太。題名、「ぼくのかぞく」）

「一年三組、市橋……リョウタくん。題名は、『僕の家族』」

貴理子さんが、驚いたように顔を上げる。

視線を受け止めながら、俺は必死に、浩助さんの読み上げる作文を伝えた。


ぼくのおとうさんは、いません。しんじゃったからです。

おかあさんが、まいにちいっしょうけんめい、はたらいています。

おかあさんは、いつもいそがしいです。いえの中でもはしっています。ぼくがちらかしたり、大ごえをだすと、それより大きいこえで、おこります。とってもこわいです。


浩助さんは亮太くんの作文を、何度も何度も読み返したのだろう。一言一句、まるで作文が目の前に貼られているかのように、淀《よど》みなく話した。

貴理子さんは食い入るように、息を止めてこちらを見つめていた。


ねるまえに、ぎゅーするときの力も、つよいです。でも、それはうれしいです。

なんでおかあさん、そんなにつよいのってきいたら、たたかってるからだよと、いっていました。かっこいいなとおもいました。

だからこんど、ぼくも、いっしょにたたかいたいなって、おもいました。

きれいに整えた眉がぐっと寄せられ、切れ長の瞳に、みるみる涙が溢れ出す。

(「かぞくは、いっしょにたたかう、なかまです」)

「『家族は、一緒に戦う仲間です』」

最後の一文を聞いた瞬間、彼女は小さくしゃくり上げた。

「——……っ」

(君は子どもを睨みつけたりなんかしてない。亮太たちを背に、歯を食いしばって戦ってるじゃないか。亮太と静香《しずか》だって、後ろで一緒に、手を振り回して、戦ってたろう?)

両手で顔を覆い、ふ、ふ、と息を漏らす仕草は、まるで浩助さんの言葉に頷いているかのようだ。

浩助さんは、そんな彼女を言葉で包み込むみたいに、優しく続けた。

僕は親父と同じで、仕事の苦しみを誰かと分け合おうなんて、思いつきもしなかった。

でも亮太たちは、きっと自然に、一緒に苦しんだり、戦ったりすることを選ぶんだろうね。それは、僕では教えられなかったことだ。君が教えてくれたことだ。

声を掛けて、寄り添って、苦しみも素直に分け合った、君が教えてくれたことだ——。

「……以前、浩助さんが言っていました。僕は苦しみを人に委ねられないタイプだけど、妻は人とそれを分かち合えるんだって。子どもたちはきっと、誰かと一緒に苦しんだり、戦ったりできる大人になるだろう。それは、妻の――貴理子さんのおかげだって」

貴理子さんがますます深く俯く。

皿の横にいくつも滴が落ちて、静かな店内には、いっとき、激しい嗚咽が響き渡った。

それから、どのくらい経っただろう。

「ご……、ごめんね、こんなに、……泣いて」

徐々に激情を収めていった貴理子さんは、最後に大きく息を吐き出し、涙に濡れた顔を上げた。

「――……あの人さ。秋刀魚の、内臓が一番好きだったの」

指先が、愛おしそうに皿の縁を撫でている。

潤んだ目は、背骨の下に残された、赤茶けた内臓を静かに見つめていた。

「苦いんだけどね。それがいいんだ、って。子どもたちは食べられないだろうからって、親切ごかして、独り占めしたりして」

ひやりと爽やかな大根おろしで包んで。あるいは、ぬる燗《かん》にした酒とともに。

子どもには味わわせられない苦みを、大人だけでこっそりと食べる。

旨みや甘みにこそ人は美味しさを感じるはずなのに、秋限定の、このほろ苦さが、なぜだか無性に嬉しくて。

「もしかしたら旦那は……仕事の苦しみもそんな風に、楽しんでたかもしれない」

最後にもう一粒だけ、涙が頬を滑ってゆく。

「独り占めさせてあげるもよし、子どもとその苦さを分け合うのもよし」

貴理子さんはぐっと口の端を持ち上げて、泣き笑いの表情を浮かべた。

「そういうことだったって……思うことにしようかな」

(そうだね)

浩助さんが頬を緩める。

(すごく、いいんじゃないかな)

カウンターを挟んで、二人。

さりげなくて、気負わない、いかにも夫婦間の相槌だった。

俺が「すごくいいと思います」と後追いで伝えると、貴理子さんはにっと笑みを深める。

そこから、何かが吹っ切れたように箸を取り上げると、

「やだもー、話し込んじゃってごめんね！　温かいうちに食べよう食べよう、秋刀魚！」

と、湿っぽくなった空気を乾かすように、猛然と秋刀魚を食べはじめた。

口の中で儚い音を立てる皮を、ふんわりとほぐした身と一緒に。

すだちを絞り、ほんの少し醤油を垂らした大根おろしを乗せて。

俺もまた、食べ進めた。

浩助さんの要望で、内臓に箸を付けるのは最後になった。

ほろりと広がる、淡い苦み。旨くも甘くもないというのに、いつまでもちびちびと舐めていたいような、独り占めしたいような、この感覚はなんなのだろう。

そんなことを思いながら。

（うまいなあ）

浩助さんがしみじみと呟く。

（哲史くん、どうもありがとう。特に返せるものがなくて、ごめんね。妻には、常連客としてこの店を支えるようにって、夢枕にでも立っておくからさ）

最後の一口を食べ終えるのと同時に、少しずつ、浩助さんが遠ざかっていく気配がする。

申し訳なさそうに頬を掻く彼に、俺は、いいえ、とこっそり首を振った。

最後まで飄々としていた浩助さん。けれど彼には、夫婦の独特な間合いを教わった。

熱烈に愛を囁き合うわけではない。互いの存在を強く恋しがるわけでもない。

それでも、浩助さんは貴理子さんに秋刀魚を食べさせるために、一年も成仏を拒み続け、貴理子さんもまた、ずっと張っていた肩から、彼の言葉を聞いて荷物を下ろしたのだ。

彼らは互いを見つめ合うというより、同じ方向を見つめて歩く二人だった。

そんな夫婦だった。

「ごちそうさまでした」

すう、と、身の内から浩助さんが消えてゆくのと同時に、貴理子さんが手を合わせる。

自身を許した彼女は、清々しい顔をしていた。

会計時、貴理子さんは「いい大人がお店でこんなに泣き崩れて」と恐縮し、作文の内容を覚えていてくれてありがとう、夫の言葉を覚えていてくれてありがとうと、しきりに礼を述べた。

「旦那が乗り移ってるのかと思っちゃった。あの人、いろいろ無神経な割に、ここぞっていうときに、大事な言葉をすとんってくれる人だったから。……ふふ、懐かしいな」

店を出たら、彼女は作文を読みに、学校に引き返すのだという。

多めの額を置こうとする彼女に、なんとか適正なおつりを返そうと押し問答していると、彼女は「本当に、素敵なお店だよね、ここって」と、眩しそうに目を細めた。

「お店、ちょうど一年前くらいに代替わりしたでしょ？　親御さんを亡くして、それでも志穂ちゃんたちが必死に盛り立てて……。旦那が亡くなったのと同じ頃だったから、実はその意味もあって、勝手にこの店を応援してたの。来るたびに、私も頑張らなきゃって」

「七味さん」こと貴理子さんが常連になってくれたのは、そんな理由もあったのか。

俺は相槌を返そうとし、しかし、彼女が続けた言葉に、思わず口を噤んでしまった。

「だから、おじいさんのことを志穂ちゃんから聞いたときは、びっくりしちゃった。お店、閉めちゃうことにしたって？　孫にそこまでさせるなんて……。あの、本当にごめんね、私、忙しくて、全然力になれなくて」

え――？

申し訳なさそうに告げられた内容が、すぐには理解できない。

何度も何度も言葉を反芻して、それでも出てきた感想は、これだけだった。

――どういう意味だ？

「それ……志穂が言ってたんですか？」

じいちゃんのこと。孫にそこまでさせる――店を閉める。

志穂は、「てしをや」を手放そうとしているのか？

まさか。あいつは、定食屋を辞めなんかしないと言ったはずだ。つい今週の話だぞ。

「それ、いつの話です？　志穂が、店を閉めるって？」

「え？　ええと、いつだったかな。銀行でばったり会ったときだったから……火曜かな？」

剣呑《けんのん》な空気に驚いたのか、貴理子さんが目を瞬かせている。

「思い詰めた顔をしてたから、声を掛けちゃって。そうしたら、おじいさんにお店を反対されてるからって。『常連さんに順に話して回ってるんです』って言ってたんだけど」

志穂はあの日――俺に一人で店を回せるか尋ねたあの日、辞めるつもりなんかなく、ただ、土曜に数時間店番を任せたいだけだと言ったはずだ。

……いいや。
辞めないと、はっきりと言っただろうか。
そうだ。問いには直接答えなかったんだ。
「ていうか、土曜の店番を任せたかっただけだよ」と笑っていた。
もしかして、そのことを「店を閉める」と表現したのだろうか。
だが、そんなことなら、いちいち常連さんに説明などしないはずだ。
「え、待って。ごめん……、もしかして、志穂ちゃんからなにも聞いてなかった？」
こちらの空気を察したのか、貴理子さんが顔を強ばらせる。
「——あ、いや！　大丈夫です、聞いてます！　すんません、妙なリアクションして」
咄嗟にごまかすと、彼女はほっとした様子で「よかった」と頷いた。
腕時計に視線を走らせた彼女は、きっと学校に急いで引き返そうとしているのだろう。
「ごめん、また今度、詳しくその後を聞かせてね」
申し訳なさそうに去っていく彼女を、引き留めて問いただすことなど、できなかった。
——たとえば私がいきなりいなくなったら、ちゃんとこのお店回せる？
志穂の不吉な問いが、再び脳裏に蘇る。
あれはどういう意味だったんだ。
そういえば最近の志穂は、スマホを手放さず、やたらと電話を受けていた。

あれはどこから？

今日だって、法事前の忙しい日に、仕事を返上してまで、なぜ休みを取ったのか。店に来るとき、間に合ってよかった、と言っていた貴理子さん。あれは、ラストオーダーに、という意味ではなく、店をやめてしまう前に、という意味だったのかもしれない。

なんてことのない疑問や違和感が、みるみる互いにくっついて、膨れ上がっていく。考えすぎだ、と笑い飛ばそうとしたのに、俺はしばらく、油汚れの飛んだスニーカーを、呆然と見つめることしかできなかった。

――しゅぽん。

そのとき、調理台の奥に投げ出していた俺のスマホが、気の抜けた音を立てる。

メッセージアプリの受信音だ。

静まり返った店内で響いたその音を、なぜだか不吉なものに感じた。

メッセージ画面を開く前から、奇妙なことに、俺は一つの予感を抱いていた。

のろのろとした動きで腕を伸ばし、スマホを手に取る。

手に取った瞬間、表示時間切れになった通知バナーがふっと掻き消え、真っ暗な画面に戻る。

しばしの猶予《ゆうよ》が与えられたことに、無意識にほっと息を漏らしていると、すぐに「しゅぽん」と音が鳴り、新しいメッセージごと、二つの文章が画面に表示された。

差出人は、志穂だ。

ごめん、お兄ちゃん。ずっと話しそびれてたんだけど。

絵文字もない、スタンプもない。温度の読めない——深刻にも見える口調。

二件目のメッセージは、こう続いていた。

おじいちゃんの件で、お店について相談したいことがあるの。今日の夜、話せませんか。

珍しい、敬語。

まるで言いにくいことを慎重に切り出すときのような。

譲れない決意を告げるときのような。

「どういうことだよ……」

掠れた声が、無人の店内に響く。

窓から差し込む日差しは、すでに夕方のそれに近付きつつあった。

手の中で、「時間ですので」と客を追い払うように通知バナーがふっと掻き消え、スマホ画面が、また暗闇に沈んだ。

# 五皿目　あの日の粕漬け

小一時間で洗い物を含めたすべてを片付け、店の裏口を出ると、すでに空は暗くなりはじめていた。

志穂からのメッセージは、まだ開いていない。

通知バナーで読んでしまった内容を、既読にするのが躊躇われて、俺はスマホをポケットに突っ込んだまま、家路を辿りはじめた。

駅の雑踏と人いきれを抜け出すと、途端に空気が冷たさを取り戻す。

しんとした冷気が鼻腔《びこう》を刺した瞬間、俺の足は、家のある方向ではなく、そこから道一本逸れた、とある場所へと向かっていた。

静謐《せいひつ》で、穏やかな場所。

清涼なのに、冷ややかというわけでもなく、こぢんまりとして優しい——気さくな神様のいる、あの神社へと。

ごまかすようだった足取りが、徐々に速くなる。

最終的には、わけのわからぬ衝動のまま走り出していて、鳥居をくぐる頃には、呼吸と鼓動が入り乱れた。

はあはあと白い息を躍《おど》らせたまま、俺は鈴緒を掴んだ。

――がろん。

湿り気のある縄を掴んだまま、考え込む。

「神様……」

なんと続けたかったのだろう。

なんと言えばいい。

俺はなぜ、こうも動揺しているのか。

俯くと、賽銭箱の横にまたも日本酒の瓶が置かれていることに気付く。

一度宮司さんが回収したのか、俺が供えたワインも甘酒も、見知らぬ誰かが供えたひやおろしもなくなって、代わりに、新たな酒が置かれていた。

紫のラベルと、きっぱりとした筆文字が印象的な、純米吟醸。

思わず息を呑んでしまったのは、それが見覚えのある酒だったからだ。

いいや、見覚えがあるどころではない。

それは、店のメニューにある酒で、ついさっき、貴理子さんに出したものでもあった。

フルーティーさと甘さをぎりぎりまで攻めた味わいを母さんが気に入って、家でも店でも、九州からわざわざ取り寄せているものだ。

この寂れた神社に、それもこの酒を供える人物の正体を、俺は志穂以外に思いつかない。

　ばちりと推測の糸が繋がった瞬間、胸の中を猛烈な勢いで駆けていったのは、「なんで」という言葉だった。

　なんで志穂が、神社に来ていたんだ。店の行く末を相談でもしたというのか。

　だとしたらなんで、俺に一言、先に話してくれなかった。

　それほどじいちゃんの発言に苦しんでいたというのか。

　俺たちできっぱりと撥《は》ねのければいいと、すでに結論付けていたというのに。

　だいたい、じいちゃんもいったいなんの権利があって、娘や孫たちの意志を踏みにじろうとするんだ。

「神様……！」

　がろがろと激しく鳴る鈴の音は、波立つ感情そのままだった。

「助けてください、神様。どういうことなんですか。志穂がここに来てたんですか。神様は――あなたは、全部知ってたんですか！」

　早朝の境内に訪れたとき、神様は、願いを叶えられるときと、叶えられないときがあると言っていた。縒り合わせられる願いがあるときは、極力叶えてやりたいと。

　俺の願いは、これまで全部叶えてもらった。

　じゃあ、志穂の願いが「叶えられない」ものだったのか。

　だから志穂は店を畳むことにしたのか。

落ち着け、と、頭の片隅でもう一人の自分が囁く。

志穂に直接聞けばいいのだ。

神様を問い詰めるのは、八つ当たりと変わらない。

頼るにしたって、こんな言い方じゃだめだ。

そうとも、弱音や悲鳴じゃだめなんだ。

奇跡を求めるには、せめて意志を込めた、はっきりとした願いでないと。

「神様、お願いです。教えてください。俺――」

――言わずとも、わかっている。

だが、俺が「明確な願い」を紡ごうと口を開いたそのとき、すっかり耳に馴染んだ、あの老若男女のどれでもない不思議な声が、あたりに響いた。

神様だ。

「神様！　神様、わかってくれますか。叶えてくれますか」

――いいや。

助けてもらえると思った俺は、御堂に向かって大きく身を乗り出したが、まるで沸騰する鍋にすっと水を差すようなタイミングで、神様は言う。

不機嫌なわけではない、同時に、気まずそうでも悲しそうでもない、あっけらかんとした口調に、理解が一瞬追いつかなかった。


——おまえの願いは伝わっている。だが、私がそれを叶えることはない。


今さらながら、いつもと異なり、御堂が光っていないことに気付く。

普段なら長く余韻を漂わせている鈴の音もぴたりと止み、境内は、よそよそしいほどに静まり返っていた。まるで、訪ね先を間違えた客を拒むように。

「どういう……ことですか？」

願いを、叶えてもらえない。

ささやかな苛立ちというか、「えっ」という驚きがあったのは事実だが、それ以上に俺が思ったのは、神様を怒らせてしまったのではないか、ということだった。

八つ当たりするようにして願ったから。

それとも、ここ最近、あまりにも神様に頼りすぎていたから。

いい加減馴れ馴れしすぎただろうか。供え物が足りなかったとか。

俺たち人間が、神様に頼るだけ頼って、用が済んだとなれば見向きもしない薄情な生き物だということは、この神社が取り壊されると誤解したときにも痛感し、反省したことだ。

だが、その一件があるからこそ、この神様は、身勝手な人間に今さら目くじらを立てたり、失望したりする性分でないということも、知っていた。

とすれば――もしや、神様が衰弱してきている、なんてことはあるだろうか。

いつ来ても無人の境内。

信心が集まらない神社だから、今度こそ力が弱まって……とか。

「か、神様。最近、調子はどうですか。その……最近供えたのが、甘酒とかですみません。賽銭とか……足りてます？　あの、今度、友達とかも連れてくるんで」

今さらながら、冷や汗が滲む。

まずいぞ。ショックに頭を占拠されて、かなり横柄《おうへい》な態度を取ってしまっていた。

困ったことがあるとすぐ頼りに来て、相手の都合を構いもしないというのは、冷静に考えて……最悪の人間じゃないか。

――くっ。

だが、真剣な申し出に対し、返ってきたのはなぜか笑い声だった。

——おまえは、甘ったれだし、横柄だし感情的だが、……善い男よなあ。

「え……？　それって、配分的に、非難してます？　褒めてます？」

真意が読み取れず、つい顔が強ばってしまう。

神様はそれには答えず、笑いを含んだ声で、静かに告げた。

——おまえの願いと掛け合わせられる魂は、もうおらぬのだ。

ざあっ、と、冷たい風が梢《こずえ》を渡っていく。

空は茜色《あかねいろ》よりも藍色《あいいろ》の面積を増し、帰宅を促す童謡が、何重にも揺れながら夕暮れの中に漂っていた。

——妹の気持ちが知りたいか。祖父とのわだかまりを解きたいか。おまえの母の魂なら、きっとうまくやったろうなあ。だが彼女は、とうに願いを成就させてしまった。

それはきっと、みんなで唐揚げを食べたあの夜のことだ。

心ない中傷に悩まされ、追い詰められた俺と志穂の願いは、そんな俺たちに活を入れたいと願う両親によって叶えられた。

そうして親父と母さんは、今度こそ遠い場所へ行ってしまったのだ。

つまり——この問題を解決してくれただろう母さんの魂は、もう「降りて」こない。

俺は独力で、この問題に立ち向かわねばならないということか。

志穂と直接話し、じいちゃんにも身一つで向き合う。

考えてみれば当然のことだ。ごくごく、当たり前のことではあるのだが……。

言葉を失う俺を慰めるように、先ほどより弱く、風が境内を吹きすぎてゆく。

冷たいが穏やかな風は、俺の頬をくすぐり、鈴緒をそっと撫でていった。

がろん、というあの優しい音は聞こえず、代わりに神様が、大丈夫、と囁いた。

——思い出せ。シミ抜き宣言で、去ろうとする者を引き留めたのは誰だ。その正直さで、罪悪感に縮こまっていた者の心を開いたのは誰だ。

神様はゆったりと数え上げるかのように、俺と魂のやり取りを振り返った。

本音を隠したまま去ろうとした女が店に残ったのは、「汚れなら俺が落とす」という宣言のおかげではなかったか。

もう二度と弁当など作りたくないと思っていた弁当屋が事情を話す気になったのは、「毎日食いたい」という素朴な感想を聞いた後ではなかったか。

頑なな上司が辞職を取りやめたのは、残された部下たちに懇願されたから。

思い詰めた母親が涙ぐんだのは、ともに日々を生き抜く子どもの、懸命な思いの滲む作文を知ったから。

生者の背中を押したのは、生者の、おまえの言葉ではなかったか――。

「そんな、こと……。だってそれは全部、神様がそう計らってくれたからで」

俺は無意識に、額に手を当てていた。

だってそうだろう。これまでの奇跡は全部、神様と、亡くなってなお優しい死者が起こしてくれたものだ。

毎度完璧にお膳立てされた状況に、俺はいつも、掌で転がされている感覚を味わいながら、必死に伴走していただけで。

――いいや。私は、ただ願いを縒り合わせるだけ。

だが神様は、まるできっぱりと首でも振るかのように、厳かに告げた。

――気付かないか。おまえはすでに、自らの足で歩き、自らの口で語りつつあるのだ。そして、それでいい。死人に口なし。生きる者は、目の前で生きる者の声にこそ、最も耳を傾けねばならぬのだから。

大らかでずぼらで、死者に俺の肉体を自由に操らせることまでさせるのに、唯一、死者が自在に口を利くことだけは禁じている、神様。

俺がその真意を問いただすよりも早く、彼は続けた。

――なあ。今回は、語るべき者も、語りかけるべき相手も、せっかく生きているのだぞ。

背後の夕闇に、ぱっと光が閃く。

ぼんやりとした御堂の光ではなく、目に刺すような明るいそれは、境内の外に設置された、街灯のものだった。

人工の光に照らされて、鳥居の奥から、人影がゆっくりとこちらに近付いてくる。

いつもの白い靄ではない、くっきりとした人物の正体がわかったとき、俺は誇張でなく目を丸くした。

「じいちゃん……？」

鳥居の前で一礼して、境内へと踏み入ってきたのは、俺の祖父、江田史則だったのだ。
相手も、賽銭箱の前に立っているのが孫だと気付くや、ぴたりとその場で足を止める。
手には、母さんが好きだった銘柄の、日本酒の瓶が握られていた。

――たまには直接、酒でも酌《く》み交わしてみたらよいのではないか？

神様がちょっと愉快そうに、そんなことを言う。

――そのためならば、昨日供えてもらった純米吟醸のほうは、下げてもよいぞ。

風の音に紛れて、鷹揚なお許しの声が聞こえた。

＊＊＊

ガラ……。
先ほど施錠したばかりの引き戸を開ける。
客用の玄関から店に入るのは久しぶりのことだ。

暗がりに沈んだカウンターとテーブルの二つを見比べ、

「よければ、カウンターのほうに座って」

と背後に声を掛けてから、店内を突っ切り、奥にある空調と照明のスイッチを入れる。
ピ、という軽い音。
オレンジ色の光が厨房とカウンターを照らし出し、エアコンが温風を吐き出しはじめたときようやく、じいちゃんはゆっくり、店内へと足を踏み入れた。

口を真一文字に引き結んだまま、中央の席に腰掛ける。

皺に囲まれた目が、ちらりと店内を一瞥《いちべつ》し、憂鬱げに伏せられた。腕を組んで俯く姿は、まるで一切の交渉を拒否しているかのようだった。

「じいちゃん。これ、おしぼり。あと……酒。待ってて、今、燗につけるから」

手を洗った俺は、ウォーマーから外され、すっかり冷えてしまったおしぼりをじいちゃんに差し出す。

空調がまだ万全とは言えないので、せめて温かな酒を出そうとしたのだが、じいちゃんは不意に顔を上げると、「いい」と短く告げた。

しばし、沈黙。

俺は酒瓶を掴んでいた手に力を込めると、「そっか」と頷いた。

「じゃあ、熱燗じゃなくて、常温のままにするわ」

軽く目を見開いた相手を無視して、なみなみと酒を注いだグラスを差し出す。

だって俺は、じいちゃんと腹を割って話すために、ここにいるのだ。

いちいち拒絶を真に受けて、突っ立っているわけにはいかなかった。


「なんばしよるとか、こがんところで」

境内で呆然としていると、じいちゃんはさりげなく酒瓶を体で隠し、顔を顰めた。

「もう暗《くら》か。早う家に帰らんか」

まるで小学生の子どもを叱るように告げ――事実じいちゃんにとって、俺なんか子どもなのに違いない――、自らもくるりと踵を返そうとする。

そのまま鳥居をくぐって去っていこうとする彼を、慌てて呼び止めた。

「じいちゃん！」

咄嗟に声を掛けてから、なんと続けたものかを考える。

だって俺は、まず志穂の意向を確認して、二人の足並みを揃えてから、じいちゃんに意志を告げる、という段取りしか考えていなかったのだ。

志穂の話を聞く前に、じいちゃんと会話を持とうとは、正直予想もしなかった。

「その、志穂に……志穂だけに、なんか言った？　店を閉めちまえ、とか」

悩んだ末、口から飛び出てきたのは、前振りもなにもない、本題そのものだった。

直球の質問に、じいちゃんは軽く眉を寄せる。

不快なのか、質問の意図を取りあぐねているのか、傍目にはよくわからなかったが、やがて、しわがれた声で答えがあった。

「……気が利かん兄貴とは違って、志穂は、俺が東京に来た日も、就職先の資料ば置いて行った日も、律儀に電話ばしてくれた。じいちゃんの気持ちば聞きたか、半月も東京におるなんて大丈夫やろうか、て」

いったいいつの間に、というのが、正直な感想だった。

法事の後に話そう、と言っていたのだから、俺はすっかり「そういうもの」と思って、日曜を呑気に待っていたのだが、志穂はそれ以前にもこっそりと、じいちゃんに話しかけにいっていたらしい。

だが、そうした間合いの取り方をするのが、いかにも志穂であり、ついでに母さんもであり、高坂家の女たちなのだった。

「それで……そのとき、志穂に言ったのか？　しみったれた定食屋なんか閉めちまえって」

少し、声が掠れてしまう。

だって卑怯《ひきょう》だと思った。

俺じゃなくて、妹に揺さぶりを掛けてくるなんて。

じいちゃんは、頭ごなしに叱ったのだろうか。

今みたいにむすりと黙り込んで、不快さを隠しもせずに志穂にぶつけたのだろうか。

あの、口ばかりは達者だが、芯の弱い妹に。

開店費用に充《あ》てた金を返せと、まさか責め立てたりはしなかったろうな。

「店ば閉めてどうこう、てのは、志穂が言い出したことばい」

剣呑な雰囲気を滲ませた俺に、心外だ、とばかりじいちゃんが顔を顰める。

「志穂のほうから言い出した。そがん、睨まれる筋合いはなか」

あんまりな言い草にカッとなったが、一拍置いて、「そうか」と改めて思った。

志穂の話を聞くこともちろん必要だが、妹に圧力を掛けたじいちゃんの心を変えないことには、事態は解決しないのだ。

俺はやはり、じいちゃんと早急に、そして直接、話し合うべきだった。

「じいちゃん」

軽く息を吐き出し、顔を上げる。

胸の中で燃え上がった炎の温度が下がらないうちにと、身を乗り出した。

「今、時間ある？　店で飲もうよ」

そう。この問題には、俺自身が向き合わなくてはならないのだ。

俺の言葉で語りかけなくてはならない。

生き残った者は、生き残った者同士で、言葉を交わさねばならないのだから。

「え？」

じいちゃんは、孫から酒に誘われることがよほど意外だったのか、いつもの気難しい雰囲気を手放し、ぽかんとしている。

それをいいことに、「この酒、供えるんじゃなくて俺と飲もう」と四合瓶をするりと奪い取り、俺はすたすたと、鳥居の外へと歩きはじめた。

――えっ。下げてよいと言ったのは、古い酒のほうだ。そっちはまだ飲んでいない……。

背後でおろおろと呟く神様に、内心で「すんません」と詫びながら。

ごめん、神様。

話が全部済んだら、とびきり美味しい酒を持ってくるから、ちょっと俺に、この酒の力だけ貸して。

「これ、つまみに。明日が休みで、食材どれも仕舞っちゃったから、今出せるのは、こんなものしかないんだけど」

こと、と小さな音を立てて、カウンターに漬物の皿を並べる。

斜め切りにしたきゅうりに、いちょう切りにした大根とにんじん、濃い紫の皮がよく見えるよう、縦切りにした茄子《なす》。

こんなもの、とは言ったが、盛られているのは、一品に数えて問題ないほど色とりどりの粕漬けだ。

店を始めた親父や母さんが酒好きだったこともあり、「てしをや」にとって漬物は欠かせない存在で、冷蔵庫には常に複数種類がスタンバイしているのである。

中でも、粕に少量の味噌を混ぜて漬け込んだ自家製の粕漬けは、ポリポリといつまでも食べ続けてしまう、隠れた逸品《いっぴん》であった。

「…………」

だが、じいちゃんは皿に視線を走らせたきり、再び口を引き結んでしまう。

いいや、眉間の皺も深まり、酒とつまみを前に気を緩めるどころか、一層心を固く閉ざしてしまったような様子だった。

気難しく黙り込むじいちゃんに、カウンター越しに話しかけたところで、言葉は俺たちの間に漂う冷気に凍らされ、磨かれた板目の上にぽろぽろとこぼれ落ちるだけの気がする。

俺は意を決すると、自分のグラスと箸を掴み、カウンターへと回った。

ガタッと椅子を引き、じいちゃんのすぐ隣に、腰掛けた。

「はい。乾杯」

曲線がきれいな、シンプルな冷酒グラスをかちりと軽くぶつける。

景気づけに、俺が一息に日本酒を飲み干すと、じいちゃんは呆気に取られたようにこちらを見て、それからふんと鼻を鳴らし、同じように一口で酒を飲みきった。

見る間に空になったグラスを見て、妙に血縁を感じる。

俺も母さんもじいちゃんも、酒が好き——というか、水のように酒を飲んでしまうんだ。

二人横並びに座ったまま、口内に残る甘い余韻をいつまでも追いかける。

九州の酒がみんなそうとは言わないが、母さんが好きだった銘柄は、どれもべたっと感じるほど甘いんだよなあ。

さらに言えば、醤油も味噌も、母さんが好んで使っていたものはなんでも甘口で、だから「てしをや」のメニューは、実はほかの店のものよりも、どれもほんのちょっと甘い。

チキン南蛮がこの店で一番愛されているのは、たぶん、タレの絶妙な甘酸っぱさが要因なんだろう。

同時に、だからどの定食にも漬物を配置して、塩みと甘みのバランスを取らずにはいられないわけで。

無意識に粕漬けを一枚摘まんでしまってから、俺はようやく口を開いた。

「じいちゃん。俺さ、定食屋、続けたいんだ」

さりげなく間合いを探って、じわじわと本題に迫るような話運びは、俺にはできない。きっとじいちゃんもそうだろう。

俺はずばりと切り出すことにした。

「じいちゃんが、俺たちの将来を心配してくれてるのも、わかってるよ。たしかに、サラリーマンや公務員に比べれば、不安定な職だ。高給取りでも、全然ないし。それでもさ」

話しながら、軽く目を伏せる。

去年の同じ頃「てしをや」を継いでから、一年。

料理なんてできねえよとふて腐れていたこと、神頼みまでしたこと、思わぬ出会いを通じて、食事の持つ力をまざまざと体験したこと——様々な思い出が、めまぐるしく瞼の裏をよぎっていった。

腹を空かして、寒さに身を縮こめて。俯いて暖簾をくぐった人々が、温かな汁物を含んだときにほっと肩の力を緩める、あのときの顔。

椅子にぐったりと座り込むほど疲れきった人々が、熱い飯を噛み締め、腹に力を込めて立ち上がる、あのときの姿。

満ち足りた顔になった客を見るのには、たぶん、傷付いた苗が蘇る姿を見守る農家とか、車椅子から立ち上がるようになった患者を見守る医師とか、そうした職業に通じる喜びがあると、俺は思う。

何度も繰り返すと、ちょっとずつ感動は色褪《いろあ》せていくのかもしれない。

けれど、積み重ねた喜びは、なにかの拍子にひょっこりと顔を出し、馬鹿なほど俺の胸を熱くさせる。

じいちゃんが来るまでは、あまり自問もしなくなっていた、定食屋経営にかける思い。

俺はいつの間にか、考えなくても確信できるほどに、疑問の余地がないほど、この「てしをや」が好きになっていたのだ。

「やっぱり、嬉しいんだ。美味しいとか、ごちそうさまって言われると。満腹になった人たちを見守るのは、楽しい。きれい事みたいだけど……でも、こんなきれい事を思いながら取り組める仕事って、そうそうないと思う」

勇気を出して、横を向く。

空のグラスを握り締めたまま黙り込むじいちゃんに、言葉が届くよう、声に力を込めた。

「俺たち、ちゃんと幸せなんだ。だから、心配しないでほしい。志穂になにを言ったか知らないけど、志穂だって同じ気持ちだ。あいつは、心底この店を大切に思ってて――」

「くだらん」

だが、懸命な説得は、そんな短い言葉によって、ばっさりと遮られてしまう。

「褒めらるっとが幸せてか？　おだてられて、そんときは嬉しかかもわからん。ばってん、それと引き換えに、一生つらい思いばせにゃならん」

低い声はどこまでも冷ややかで、心臓にさっと水を注がれたかのような衝撃を覚えた。

「そんな……」

「最初だけだ、そがん社交辞令ば喜んでられるのは。だんだん経営が苦しくなって、貧乏暮らしばしよるうちに、褒め言葉なんかじゃ腹は膨らまんと気付く」

じいちゃんは、じっと漬物の皿を見つめていた。

吐き捨てるような言葉に俺が絶句していると、じいちゃんは、一度だけぐっと目を瞑《つぶ》り、こんなことを呟いた。

「『信子の漬物が、いっちゃんうまか』」

「え……？」

「信子が……小学生だったあの子が、初めて自分できゅうりば漬けて、洗うて、切って、ちゃぶ台に持ってきたとき、俺がそがん言うた」

次に瞼を上げたとき、じいちゃんの目は、ごくわずかに潤んでいた。

「俺が厳しかったもんやけんが、信子は、初めて料理ば褒められて、それは喜んどった。料理に夢中になって……俺も、これで嫁入り先には困らんと思うて、いつでも褒めよった」

結婚こそが女の幸せで、甲斐性のある夫のもとに嫁がせることこそ、親の最大の務め。

じいちゃんの世代の、じいちゃんの住む地域では、それが当然のことだったのだ。

だからこそ、母さんが親父と結婚し、「安定した会社員の料理上手な妻」になったときは、じいちゃんは二人を手放しで祝福した。

そしてそこから二十年も経って、唐突に職を辞し、定食屋経営なんてものを始めたときは激怒した。

とうに結婚し、自分の家庭を持っている子どもの職業に、口を出すなんてやりすぎだ。そんなことはわかっている。

だが、娘はいつまでも、かわいくて、少々単純で、後先を考えない末娘だった。

突然、自営業を始めた娘を見守る、などというのは、詐欺《さぎ》にかかったのを助けもせずに見過ごすのも同然に思えた。

「店ば始めたか、金は改装のために使いたか、と言うてきたとき、『お父さんの言葉が、忘れられんやった』と、信子は言うた。『本当に嬉しかった。それを、もっと多くの人から聞きたか』と。俺は、『あれは嘘やった』と即座に言い返した。子どもへの世辞だと」

じいちゃんはその場で叫んだらしい。

怒りで、というよりは、恐怖で。

かつての自分が放った不用意な言葉が、娘にとんでもない選択をさせようとしている。せっかく安定した、不自由のない生活を送っているというのに、いったいなぜそれを投げ捨てようとするのか。

長らく公務員として勤めてきたじいちゃんの周りには、同じような公務員か、そうでなければお堅い会社員しかいなかった。

田舎である以上、もちろん農家をはじめとする自営業者の知り合いは大勢いたが、家業を継ぐ彼らは「きちんとした」人間であり、いきなり飲食店経営なんて突飛なことを始める人間とは、きっちり区分されるべき存在だった。

「ばってん信子は、俺の言うことなんて聞きやせんやった。いつの間にか店ば始めとった。俺も意地になって、様子も見に来んやった。そしたら、……あっさり、交通事故なんかで死んでしもうた」

不意に、声がざらつく。

じいちゃんは何度も瞬きをしたが、カウンターを睨みつける瞳が潤んでいることは、もはや隠しようがなかった。

「親不孝者《もん》が。なんでそがん死に方ばせんばやったろうか。格安バスツアー？　銀婚式の記念が、たった半日の旅行？　金ば惜しむけん、ろくでもなか運転手に当たって……」

この定食屋で、思い出の品を前に感情の堰を切ってしまう人を、何度も見てきた。

だがそうしたとき、俺はいつも、目の前の人のことを、こんなにも真剣に観察したことは、なかったのではないかと思う。

だって、お客さんはいつも、「取り憑いた魂にとって大切な人」で、俺の役目は、慌ただしく辻褄を合わせながら、死者のメッセージを仲介することだったから。

だから俺は今初めて、厳密な意味で、目の前の「客」と向き合った。

自分の目でじいちゃんの仕草を微細に捉え、自分の耳でじいちゃんの声を聞き取った。

「金もない、時間もない、きつい暮らしをしよったとやろ。だから事故になんか遭うんだ。だから……」

グラスを持つ手が、小刻みに震えている。

娘のことを悪し様《あ ざま》に罵る、けれどその口調に、いつものような強さはなかった。

声は掠れ、まるで人前で意見を発表するときのように、訛りが弱まって、標準語に近くなっている。

自分に言い聞かせるような話し方に、俺は、ああ、と思った。

本心じゃないんだ。

母さんの人生を、みすぼらしいものとして心底蔑《さげす》みたいわけではない。

じいちゃんは、娘の死に理由を付けたいだけなのだ。

どこまでも理不尽な死を、少しでも飲み込みやすくするために。

非難する矛先がないと、飲み下せない悲しみが膨らんで、心が壊れてしまうから。

「なあ。見てみろ。安っぽか皿ばい。家ではいつも、有田焼《ありたやき》のちゃんとした皿ば使いよった。大切な娘の、大好きな料理ば載せるもんやけんが、俺が昇進したときに、一揃え買い替えた。信子は、こがん安か皿で料理ば出す娘じゃなかった」

じいちゃんは、ぎろりと音を立てそうな鋭さで、シンプルな漬物皿を睨みつけている。だが俺はもう、その侮辱《ぶじょく》に対して腹を立てることも、「だって食洗機で洗えるものじゃなきゃいけないから」と説明しようと思うこともなかった。

懸命に怒りの炎を掻き立てようとしているじいちゃんが、ただただ悲しかった。

「なんやろか、あの安っぽか造花の籠は。信子は花ば好いとった。家じゃ、いつも季節の花ば活けとった。信子は花を活けるのもうまかった。なのに、こがんけばけばしい、安物の造花を飾るのが精一杯だったのか。なあ。最後の最後に、こんな、……こんな」

皺の寄った掌が、素早く両目を覆う。

隙間から、一筋、涙がこぼれた。

「みすぼらしか暮らしば、させてしまうなら……ちゃんと、止めておけ、ば……」

声は震えて、最後は言葉にならなかった。

ああ——わかった。

どうしてじいちゃんが、孫がどれだけ「俺たちはちゃんと幸せです」と訴えても、頑なに定食屋を止めろと迫るのか、ようやくわかった。

じいちゃんは、俺たちの孫の幸せもたしかに願っているだろうが、それ以上に、娘である母さんに幸せになってほしかったのだ。

満ち足りた生活を送ってほしかった。

なのに彼女はこの世から突然掻き消されてしまって、悪人でもなんでもなかった大切な娘が、理不尽に命を絶たれる事態というのが、到底受け入れられなくて。

なんとか、「不安定で貧しい定食屋経営のせいだ」と理由をこしらえてみせたけど、娘が料理好きなんかになったのも、元を正せば自分のせい。

だからじいちゃんは、こんなにも苦しんでいるんだ。

「ちゃんと……」

背を丸めて涙をこぼすじいちゃんの姿が、小さく見える。

だが、じいちゃんの脳裏にある母さんは、きっとそれよりもっともっと小さいのだろう。身の丈に合わないぶかぶかの割烹着《かっぽうぎ》を着て、不慣れな手付きで包丁を握っているかもしれない。じいちゃんに向かって、無邪気に笑いかけているのかもしれない。

成人して、結婚して、彼女自身が子を儲け、育ててなお——母さんはずっと、じいちゃんの大切な娘だったのだ。

「じいちゃん……」

呼びかけて、唇を噛む。

つくづく、無力だと思った。

自分の口で、自分の言葉を。生き残った者は、生き残った者同士で手を取り合って。

そうしなきゃいけないのはわかっている。

なのに、どうしても過去を振り返ってしまう。

すでにこの世を去った者の存在を求め、言葉を欲し、そちらばかりを見つめてしまう。

じいちゃんが求めているのは、実際のところ母さんの言葉であり、母さんの許しだ。

俺の声なんて、届くのか――。

「あー、ほら！」

そのとき、ガチャッとノブの回る音がして、場違いに元気な声が店内に響き渡った。

「やっぱり店にいた！　お兄ちゃん、私のメッセージ、絶対無視してるでしょ！」

はきはきとした話し方に、きゅっと猫のように吊り上がった目尻。

唇を尖らせ、裏口から厨房へと踏み入ってきたのは、志穂だった。

オフの日だったからか、いつもよりしっかり化粧をして、おしゃれな格好をしている。

「急ぎの用件に限って返信しないって、なんなの？　これじゃ、おじいちゃんが――」

裏口すぐの物置台に、鍵や、きれいにラッピングされた大きな荷物をどさどさと置き、ぱっとカウンターを振り向いてから、ぽかんと口を開ける。

「え？　おじいちゃん？」

俺とじいちゃんがサシで飲んでいたことに、ようやく気付いたようだ。

なぜか、きれいな包装紙で包まれた箱を背中でさりげなく隠し、気まずげに眉を下げる。

「どうしてお店に？　月曜に話そう、って言ったのに……」

「おまえがなんかこそこそしてるから、俺が誘ったんだよ」

気になる言葉を聞きつけ、俺はその場で立ち上がった。

それには、慌てて目をこするじいちゃんを隠す意図もあった。

月曜に話すって、なんだ？　じいちゃんとは日曜、法事の後に話し合おうと言っていたのに、月曜さらに何を話すつもりなんだ。

「志穂。おまえいったい、俺に隠れてなにをしようとしてんだよ。この店を閉めるって、どういうことだ？」

特大の爆弾を、不意打ちでぶつけたつもりだった。

志穂は軽く目を見開くと、ばつが悪そうに身じろぎをした。

「あ……おじいちゃんから先に聞いちゃった？」

「いいや。厳密には『七味さん』から聞いた」

「え？　『七味さん』？　そっか、お客さんから先に聞くって、ちょっと気まずいね。ごめん、もっと早く相談すればよかったんだけど」

否定はない。ごめん、とは言うが、心底申し訳ながっている様子でもない。

閉店をお客さんから聞かされる状況は、「ちょっと気まずい」どころのものではないだろうに！

「お兄ちゃんなら即座に賛成してくれるかと思ったから、まずは実現できる状況を確保してから、って後回しにしちゃってて」

「そんなの、俺に真っ先に言うべきだろうが！」

いったい志穂は、俺のことをなんだと思っているんだ。

助けてと言ったら助けてくれて、止めたくなったら文句も言わずに従ってくれる、都合のいい召使いかなにかか？

俺だって、真剣に「てしをや」のことを考えている。

まだまだ全然料理は下手だし、一人じゃ店を回しきれないが、それでも、この店が好きで、お客さんに温かいものを食わせて幸せにするこの仕事を、心底大切に思っているんだ。

「ご……ごめん。そうだよね。お兄ちゃんにも、都合があるよね」

「当たり前だ」

日頃勝ち気な妹は、俺の剣幕に呑まれたように、肩を竦めて頭を下げる。

「月曜の夜、店を閉めて貸し切りの宴会をするくらい、お兄ちゃんなら快諾《かいだく》してくれるかな、って思ってたんだけど……ごめん。忙しいなら、私一人でやる」

「そんなの――」

俺はどれだけの悔しさを感じているかを訴えようとして、慌てて言葉を飲み込んだ。

……え？

貸し切りの、宴会？

「パ……、パードン？」

なにか、重大な行き違いがある気がする。

だが、冷や汗を滲ませる俺には気付かず、志穂はちらちらと、じいちゃんを見ていた。

「今日の夜営業と合わせて、二営業日も稼働が減っちゃうから、私も悩みはしたんだよ。でも、この店を気持ちよく続けるために、必要なことだと思うし。それに常連さんたち、ちゃんとお金は払うって言ってくれてるから。すごく応援してくれてるの」

「え？　えっ？　え？」

頭の周囲を、疑問符がリズムよく行進しているかのようだ。

この店を気持ちよく続ける？　常連さん？　応援？

「えーっと……俺たちは今、なんの話を、してたんでしたっけね……？」

意味をまるで呑み込めずにいると、隣のじいちゃんが、呆れた様子で俺を見上げた。

「月曜に店ば閉めて、宴会まで開いて『てしをや』がどれだけ客から愛されてるかば見せつけてやるて、そっちから言うてきたとやろうが」

「もう、馬鹿にした感じで言わないでよ。おじいちゃんが頑固に反対するからじゃん」

じいちゃんがやれやれと溜め息を吐けば、志穂は予想以上の気安さでそれに突っ込む。

俺は大げさでなく、たっぷり三秒は黙り込んでしまった。

「そうなの⁉」

「はあ？」

二人の相槌が、きれいに重なる。

志穂が「念のため、私からも経緯を説明するけど」と、困惑気味に口を開いた。

「私、おじいちゃんにちょこちょこ電話してたんだ。やっぱり心配で。お兄ちゃんには余計なことするなって言われそうだったから、こっそりだったけどね。でも、私がどれだけ『てしをや』を頑張りたい、私たちは大丈夫だよって言っても、全然聞いてくれなくて」

それはわかるぞ、志穂。

じいちゃんは、すでにいない母さんの幸福を求めているんだ。

どれだけ俺たちが言葉を重ねても、納得なんかしなかっただろう。

「やれ、すぐに客に飽きられる、とか、しみったれた店、とかさんざん言われて、私も腹が立っちゃって。『ああそう、なら法事の後にでも、お客さんにこの店がどれだけ愛されてるか証明してやるから、首洗って待ってなよ！』って啖呵切っちゃったわけ」

そこがわからん、志穂。

おまえは基本的に気さくで面倒見がよくて相手の心を慮《おもんぱか》る性格のくせに、どうしてそう感情が沸点を超えると、いきなり決闘の手袋を叩きつけるような真似をしでかすんだ？

無意識にこめかみを揉む俺をよそに、志穂は、身内ならではの気安さで、じいちゃんのことを軽く睨みつけた。

「私の言葉より、お客さんでわいわい賑わってる光景を見たほうが、信じてくれるかなと思ってさ。うちには、これだけ応援して、駆けつけてくれる、強い味方がいるんだぞって。代替わり一周年記念に、なにかしたいとも思ってたから、ちょうどいいやって」

だが、祖父との攻防に、事情を知らない一見客《いちげん》を巻き込むのも申し訳ない。

飛び込み客まで相手にしていたら、店が回らなくなる恐れもあるため、思い切って月曜も店を閉め、貸し切りにして、常連客にだけ声を掛けることにした。

とはいえ、話に乗ってくれるお客さんがいないことには、店を閉めても意味がない。どうせ兄ならこの手の話には即座に乗るだろうと踏んで――実際、俺は今「なにそれ、めちゃくちゃ楽しそうじゃん」と思っている――、まずは参加客の確保に奔走《ほんそう》していたと、そういうわけだった。

「いや、それでも真っ先に俺に話してくれればよかったじゃん。常連さんへの誘いも、二手に分かれてやったほうが早かったろうし」

「え、ええと……それが、もともとこの『宴会作戦』は、敦志さんと話してたときに出てきたアイディアだったんだけど、そうしたら敦志さん、自分が客を引っ張ってきますって言ってくれて。ほら、うちの常連さんって、ほとんど、彼の会社の人だから」

俺が脱力しながら反論すると、志穂の口調が途端に怪しげなものになる。

視線が泳ぎ、耳の端は赤くなっていた。

ほほー、志穂よ。

いったいいつの間に、敦志くんとそんな話をする仲になっていたのかな？

「今日も、貸し切り宴会のメニューはなにがいいかとか、お店にこういうものがあれば、おじいちゃんも満足するんじゃないか、みたいな、その、相談に、乗ってもらってて」

ほほー……？

妹の、いつになく気合いの入った装いを見て、俺はようやく、いろいろと腑《ふ》に落ちた思いだった。

要は、すっかり敦志くんと盛り上がっちゃって、兄への共有を怠《おこた》っていたわけですね？

あるいは、「相談に乗ってもらってくる」なんて言ったら、俺にからかわれると踏んだからこそ、デートが済むまで隠していたのかもしれない。

ありえる。だって俺、絶対いじっちゃうもん、そんなの。

「ご……ごめんってば。店を閉めるのに、お兄ちゃんに話も通してなくて」

志穂が両手で顔を押さえながら、もごもごと詫びを寄越す。

珍しく素直で可愛らしかったので、俺は溜め息一つで手打ちにすることにした。

「まったく……店を閉めるって、そっちかよ」

ははは、と力なく笑ったきり、椅子にへたり込んでしまった俺を見て、ふと志穂が怪訝な顔になった。

「まさかとは思うけど……お兄ちゃん、私が『てしをや』を畳みたがってるとか、誤解したわけじゃないよね？」

「いやだっておまえ……『七味さん』にかしこまって閉店の案内なんかするから」

「そりゃ、こっちの都合で店を閉めるんだから、真面目に説明くらいするでしょう！ それに『七味さん』には、常連さんとしてぜひ宴会にお招きしたかったんだもん。出張が重なってるからって、泣く泣く断られちゃったけど」

「えー……『力になれなくてごめん』って、そういう……？」

貴理子さんの発言を今さらながら思い出し、俺は遠い目になった。

閉店について「そこまでさせるなんて」と顔を顰めていた彼女だが、あれは、「わざわざ店を閉めて貸し切りにさせてまで、意志を証明させるなんて」という意味だったのか。

俺が「一日でも営業日は多いほうがいいので」なんてことを言ったものだから、彼女なりに心配してくれたのだ。

店を畳むのではなく、半日だけ閉める。

閉めるのは常連さんを招いてじいちゃんを説得するため。

そしてそれを伏せていたのは敦志くんと盛り上がってしまったためで、先日いきなり「お兄ちゃん一人で店を回せる？」と深刻な顔で尋ねてきたのは、今日のデートが成り立つかどうか気がかりだったから。

そうだった。この妹は小学生の頃から、遠足が楽しみであればあるほど、雨天中止を恐れて当日までずっと顔を強ばらせている、難儀な性格の持ち主だった――。

「そんなことかよ。俺はてっきり、じいちゃんが店を畳めって脅してきたもんとばかり」

完全なる俺の早合点。とんだ空回りっぷりに、我ながら溜め息が漏れる。

ここまでの心労は、葛藤は、苦悩はなんだったんだ。

だが、俺の嘆きを聞き取ったじいちゃんは、むっと眉間の皺を深めた。

「別に、違いはなか」

「へ？」

「俺は実際、おまえたちにさっさと定食屋なんか止めてしまえと思うとる。月曜に開く宴会だって、仕込まれた賑わいば見たところで、なんとも思わん。考えは変わらん。定食屋なんて、みじめな暮らしに自ら飛び込むようなもんだ」

「おじいちゃん……！」

頑固な言いように、志穂が額に手を当てて息を吐く。

きっとこの手の問答を、電話で何度も繰り返してきたのだろう。気安い態度の中にも、苛立ちが滲んでいた。

「こんなに言ってるのに、どうしてわかってくれないの」

「…………」

ぐっとグラスを握り締め、俺たちから顔を背けてカウンターを睨みつけるじいちゃんは、頑固で、偏屈で、厄介な老人として、妹の目には映っているだろう。

だが俺にはじいちゃんが、なんだか水分が抜けきって、かちかちになった、小さな豆に見えた。皺くちゃで、石のように固くて、誰も割ることなんてできやしない。

悲しくて悲しくて、すっかり固く縮こまってしまった、小さな豆。

俺はじいちゃんに、水分を届けることができるのだろうか。

潤い、瑞々《みずみず》しさ。許しだったり、鮮やかな感情のようなもの。

死者の言葉よりもなお胸に響く、生きる俺自身の言葉。

そんなもの——簡単に見つかるわけ、ないじゃないか。

男二人は、空のグラスを前に、すっかり黙り込んでしまう。

だが、妹は強かった。

「んもー！」

かつかつと物置台まで引き返し、あるものを取り上げたのである。

きれいな包装紙に包まれた、箱状のなにかを携え、志穂はカウンターに戻ってくる。

俺とは反対側のじいちゃんの隣の席に腰を下ろすと、素早く、しかし丁寧な手付きで包みを開きはじめた。

「本当は、月曜にお披露目しようと思ってたんだけど……おじいちゃん。見て、これ」

中から現れたのは、繊細な彫刻の施された木箱だった。

蓋部分がガラス張りになっていて、中には色とりどりの花が溢れている。

ガラスのすぐ右下、木枠の部分には、小さく「てしをや」の文字と、日付が彫り込まれていた。

「これね、常連さんが、お金を出し合って、用意してくれたの。もうすぐこの店が、代替わり一周年だからって。趣味の合わないものだと悪いからって、わざわざ敦志さん——代表者を立てて、私の意見まで聞いてくれて、それで、用意してくれたんだよ」

中に収まっているのは、造花ではなくプリザーブドフラワー。

生花を加工して作る、枯れない花だ。

色とりどりの薔薇《ばら》は、はっと目を引く美しさだったが、シックな箱のおかげで、木製の家具が多い「てしをや」の店内ともすんなり調和して見える。

飲食店の人間に食べ物を贈る勇気は出ないし、かといって生花だと長持ちしない。

敦志くんたちは、同じ会社の「常連さん」と連絡を取り合って、悩んだ末に贈り物を決めてくれたという。

サプライズで渡してもよかったが、あくまでも店に迷惑が掛からないように。

飾るのが嫌だと思われないように、事前に好みを聞き出し、一緒に中身を確認し、「月曜はあくまで、『てしをや』が常連さんに感謝の気持ちを伝える会だ」というこちらの意図を汲《く》んで、当日ではなく事前に渡してくれたのだ。

「私、せがんだりなんかしてないよ。一周年だとか、一周忌だとか、そんなことも言ってなかった。でも、それを覚えてくれた人がいたの。お客さんが、気にしてくれてたの」

もうすぐ代替わり一周年だね、と、最初に話しかけてくれたのは「ほっけさん」だった。一周忌と呼ぶのは気まずかったのだろう。

だから彼は、「代替わり一周年」という言葉を使った。なんかお祝いができたらいいよねえ、と笑って。

彼だけではない。店に来るお客さんが、配膳のとき、水を注ぎにいくとき、会計のとき、ぽつりと呟くことが増えた。

――もうすぐ一年かー、あっという間だね。

――一周年のお祝いとかしなくていいの？　実は僕、ご両親の代にも一周年記念を祝わせてもらったことがあるんだけど。

――近くにこの店があって本当によかった。まだまだ何十年と続けてくださいね。

――またお祝いでもさせてもらえたら、嬉しいなあ。

性別も年齢も、住む地域も違う人々だ。

そんな彼らが、ただ「この店に通っている」というだけで、緩やかに繋がっている。

志穂はその都度、心から礼を述べた。

――ねえ、志穂ちゃんどうしたの、なんか顔、暗くねえ？

――この前来た、あのおじいさん、その後どうなった？　哲史はなにも教えてくれないんだけど、大丈夫？

もはや客と言うより、友人と呼んで差し支えない憲治《けんじ》や夏美は、志穂のわずかな表情の変化を見逃さず、声を掛けてくれた。

特に、じいちゃんとの一件に遭遇していた夏美は、「親に進路を強制されているのでは」と、過去の自分と俺たちを重ね、密かに志穂へと連絡を寄越していたらしい。

――定食屋を反対された？　こんなにちゃんと、お店をやっているのに？

敦志くんは、肩を竦めながら軽く漏らした志穂の言葉に、真剣に寄り添い、事情を聞き出した。

――反論しても、聞いてくれないのかあ。身内の言葉だと、かえって届きにくいのかもね。お客さんで賑わっている店を客観的に見たら、おじいさんも安心したりしないかな。

そうして彼は、じいちゃんを納得させる方法を一緒に考え出してくれたのだ。

月曜の宴会に向けた根回しを始め、贈り物まで用意してくれた。

もっとも、敦志くんは敦志くんで、志穂と接近したいといういじらしい願いがあったには違いないが。

志穂は大きな目で、まっすぐにじいちゃんの顔を覗き込んだ。

「単なる定食屋だよ。なのにお客さんは、家族の誕生日を覚えておくみたいに、お店の大切な日を覚えててくれたの。気にかけてくれたの。それって、すごいことじゃない？」

妹は慎重な手付きで箱を持ち上げ、俺たちに向かって「見て」と裏面を掲げた。

底板が張られているのかと思いきや、裏には小ぶりな時計が嵌《は》め込まれ、両面をインテリアとして飾れるようになっていた。

まるで寄せ書きのように、時計の周りには、手書き風フォントで刻印された、たくさんのメッセージが並んでいる。

――一周年おめでとうございます。

――いつもごちそうさまです！

――更なる飛躍を常連一同お祈り申し上げております。

「おじいちゃん。わかって。このお店は、こんなに愛されてるの」

志穂がそっと文字を指でなぞる。

次にじいちゃんを見据えたとき、その目はほんの少し、潤んでいた。

「こんなにお客さんに愛されているお店って、そうそうないよ。私たち、お客さんにすごく恵まれた。すごく幸せだし、どれだけでも頑張れる。だから大丈夫。大丈夫なんだよ」

きっぱりと告げる志穂を、俺はまじまじと見つめた。

志穂。おまえ、大したもんだよ。

自分の言葉じゃじいちゃんの心は動かせない。

そう思ったら、落ち込むどころか、周りの人間を巻き込んで勝負に挑むんだもんな。

「——……」

じいちゃんの顔が歪んだ。

拒絶や不快の念からではなく、迷いによって。

ぴしりと、固く縮こまっていた豆に、小さな亀裂が走ったような気がして、俺は思わずその場に立ち上がった。

本能が訴える。

じいちゃんはきっと、信じたがっている。背中を押すのは、今しかない。

「じいちゃん」

感情だけが先走る。言葉があちこちに散らばって、一向にまとまってくれない。

自分自身の言葉を語るのって、こんなに難しいものだったっけ。

焦燥感に体を置いて行かれそうになって、俺は慌てて身を乗り出した。

「志穂も言うように、俺たち、大丈夫だから。心配しないでほしい」

ああ、違う、そうじゃなくて。

じいちゃんには、俺たちの未来を保証してみせるのではなく、母さんが幸せであったことを伝えてあげなきゃいけないんだ。

でもどうやって。死者本人の言葉もなしに、いったい、どうすれば。

「経済的なことは、俺だってちゃんと考えてる。利益もきちんと上がってるし、積み立てだってしてる。たしかに肉体労働ではあるし、高給取りでもない。休みも少ないけど、べつにそれが不幸なんてこと、全然なくて」

頑なに俯くじいちゃんを前に、視線が泳ぐ。

俺たちの精一杯を詰め込んだ店内、そこに、彼を安心させる材料が一つでもないかと、無意識に忙《せわ》しなく目を動かしていた、そのときだ。

「――……」

俺の目は、まるで吸い寄せられるように、あるものに釘付けになった。

店の奥、張り出した出窓。

その窓辺に飾られている、やたら派手な造花籠。

じいちゃんが安っぽいと吐き捨て、母さんの暮らしを惨《みじ》めだったと決めつける要因にもなった、たしかに店の雰囲気とは少々そぐわない、あの造花籠。

――実は僕、ご両親の代にも一周年記念を祝わせてもらったことがあるんだけど。

両親の代から、優しい常連さんに支えられてきた「てしをや」。

その常連さんの多くは、開店時から今に至るまで、そう、俺よりもよほど長く、この店に通ってきてくれた。

──またお祝いでもさせてもらえたら、嬉しいなあ。

このプリザーブドフラワーを贈ってくれた人の中にも、両親の代の「一周年」を祝ってくれた人は、きっといたはずだ。

同じようなことを、してくれたはず。

「お兄ちゃん？」

突然黙り込んだ俺に、志穂が怪訝そうな顔をする。

俺はそれを構いもせず、ふらりと席を離れ、窓辺にある造花籠へと手を伸ばした。

埃《ほこり》が付かないよう、志穂がいつもはたきをかけている籠。

母さんがいた頃には、同じく熱心にはたきをかけていたのだろう籠は、派手な色を失うこともなく、糊付《のりづ》けされた花弁が誇らしげに反《そ》り返っている。

俺は籠を携えたままカウンターまで戻り、明るい照明の下で、そっと底を持ち上げ──

「………っ」

そこに刻まれたたくさんの文字を見て、不覚にも涙ぐんでしまった。

「てしをや」一周年、おめでとうございまーす！

いつも美味しい食事、ありがとうございます。

チキン南蛮大好き！

これからも「てしをや」が大繁盛しますように。

今日も明日もごちそうさまです――

もない。

「そりゃ、捨てられないわけだよ……」

今日受け取ったプリザーブドフラワーの箱みたいに、美しくデザインされているわけで
手近にあった油性ペンで、その場にいた人たちが次々書き込んだような、文字の大きさも向きも、てんでバラバラなメッセージ。

なのに、時々木目に引っかかって乱れた文字が、なにかに濡れて滲んだ文字が、まるで一つ一つ熱を発するようにして、俺の目に飛び込んできた。

両親の代の一周年。

まだ志穂が手伝い始めていなかった頃のはずだから、これは紛れもなく、両親だけに向けられた、常連さんからの祝福の言葉だった。

「なあ、じいちゃん」

一度鼻を啜り、じいちゃんに向き直る。

じいちゃんは、造花籠の底を覗き込み、静かに息を吞んでいた。

「母さんはさ……たしかに、死んじゃったよ。理不尽な、交通事故なんかでさ」

失われたものは、取り返せない。死者は本来言葉を発せず、彼らがなにを思っていたかを、生きている俺たちが知ることなんて、永遠にない。

でも、いいや、だからこそ、俺たちが、生き残った者たちが、自分の言葉で語らなくてはならないのだ。

きっとこうだったろう、こうだったのではないか、そうあってほしい。

永遠に答え合わせされることのない問いを必死になぞって、自分なりの解釈を捻り出しながら。

「でも……でもさ、絶対、不幸なんかじゃなかったと思うんだ。だって、俺、今、すげえ嬉しいもん。こんな風に、お客さんから店を……大切にしてもらって。すごく、……幸せだもん」

実際のところ、俺の推測は外れているかもしれない。傲慢な決めつけかもしれない。

でもそれでいいのだ。顔を上げて生きていくというのは――残された者が前を向くというのは、きっとそういうことだから。

「母さんは、幸せだった」

きっぱりと、言い切る。

死者の想いを、生きている俺が、俺の口で語る。

「忙しくても、高給取りじゃなくても、最後の最後まで。――絶対に」

なぜだか、涙がこぼれてしまった。

「絶対にだ、じいちゃん」

「…………」

籠を受け取ったじいちゃんの、皺の寄った手が、ぶるりと震える。

喉が引き攣り、小さな嗚咽が漏れた。

まるで俺の涙がうつってしまったように、いかめしい目から、ぽろりと水滴がこぼれた。

「——……」

わななく唇が紡いだ言葉は、あまりに小さくて、最初、聞き取ることができなかった。

じいちゃんが、何度か口を開閉し、再び掠れた声を漏らしたとき、ようやく、俺たちはその言葉を拾うことができた。

——そうか。

じいちゃんは呟いたきり、造花籠を抱き締め、カウンターに向かって肩を震わせていた。

「おじいちゃん、あのね」

志穂が立ち上がり、そっとじいちゃんの背をさする。

その大きな瞳も、潤み、真っ赤になっていた。

「うちの店の味付けって、東京の人には、ちょっとだけ甘いんだって。だから、必ずどの定食にも、お漬物を出すの。一番多いのは、粕漬け。お母さんが好きだった佐賀のお酒の、酒蔵が売ってる粕があるでしょ。あれと、佐賀の味噌を混ぜて漬けた、自家製の粕漬け」

佐賀の、というのは、我が家では「じいちゃん家《ち》の」という意味も同然だった。

母さんはずっと、その味を愛し、ごくさりげなく、家にも店にも取り入れていたんだ。

「うちの店で一番注文が入るのは、チキン南蛮と唐揚げなんだけど。でも……」

志穂の目から、粒になった涙が転がり落ちてゆく。

「お客さんから一番食べられてるのは、粕漬けってことなんだよ。お母さん、昔、おじいちゃんに褒めてもらったんだって。それが嬉しくて、自慢だから、お客さんにも出してあげるんだって、前に、言ってた」

じいちゃんの啜り泣く声がする。

志穂が添えた手、その下の背中は、きっと熱くなっているに違いなかった。

「自慢の味を、お客さんに広めるの。その人の舌を、自分の好きな味に染めちゃう。お母さんね、……絶対、すごくすごーく、楽しんでたと思うな」

志穂は、強引に口の端を持ち上げ、目を潤ませたまま笑ってみせた。

「だって、私もそうだから」

自分に言い聞かせるような口調に、ああ、志穂も、わかっているんだなと思った。

温かだった思い出を、いつまでも振り返りたくなる。そこに答えがあると信じて、ずっとその時間に留まっていたくもなる。

でも俺たちは、次の季節へと歩き出さなくてはいけない。

だから俺たちは、自分の足を信じて、立ち上がるのだ。

思い出という名の杖に縋ることを、どこかでそっとやめて。

「だから、おじいちゃん。私たち、『てしをや』を――」

「わかった」

続けたいの、と最後まで志穂が告げるよりも早く、じいちゃんがくぐもった声を上げた。

「……ひとまず、月曜の様子まで見てから、考えを決める」

おそらくこれが、頑固で意地っ張りなじいちゃんの、今日できる最大の譲歩だ。

俺と志穂は、じいちゃんの背中越しにちらりと視線を交わし、同時に苦笑を浮かべる。

「そっか」

俺は席に戻り、すっかり空のままだったグラスに、なみなみと酒を注いだ。

「ひとまず、これ、空にしちゃおう」

「あ、私も。この二人だけだと、法事中に二日酔いになるほど飲みそうで心配」

志穂もすぐに厨房に回り、自分用のグラスを取ってくる。

二人でじいちゃんを挟むようにして席に着いた途端、志穂が造花籠を脇に取り上げ、代わりに、じいちゃんの正面に漬物皿をずらした。

「ほら、おじいちゃん。お漬物も干からびないうちに、食べよ」

「………」

じいちゃんが、ゆっくりと顔を上げる。

大根ににんじん、きゅうりに茄子。

カラフルな粕漬けを、酒のせいではないだろう赤ら顔でじっと見下ろし――。

「……ふん」

じいちゃんは小さく鼻を啜ってから、きゅうりを一枚、箸で摘まみ上げた。

しゃくしゃくと瑞々《みずみず》しい音が、しばし店内に響いた。

＊＊＊

しめやかに法事を執り行い、墓参りと、ごく身内だけの会食を終えた、次の日の夜のことだ。

すっかり肌寒くなったのは外だけのことで、「てしをや」の店内は満員御礼、人の熱気で軽く汗ばむほどだった。

「えー、それでは、『てしをや』さん一周年を祝いまして……乾杯！」

「かんぱーい！」

カウンター席の一番端に掛けていた敦志くんが、この日限り窓辺に飾った両親の遺影に向かって音頭を取ると、店内のあちこちから唱和が続く。

献杯ではなく乾杯を。そのほうがきっと両親も喜ぶから。

俺たちの願いを汲んでくれた常連さんたちは、グラスを置くやすぐさま上機嫌に箸を取り、食事を頬張るたびに、陽気な声を上げてくれた。

ほかほかと立ち上る湯気、箸と皿の立てる賑やかな音、なにより、肩の力の抜けた、気取らない笑顔。

そんなものたちが、前日の静かな儀式で疲れていた体に、じんわりと染み込んでいく。

俺と志穂は、厨房と客席を忙しく往復しながら、無意識に頬を緩めていた。

普段は四角い盆に、メイン料理の皿とご飯、漬物、味噌汁を載せて出すのが主流の「てしをや」だが、せっかく人が集まって宴会を開くわけだからと、特別に、それぞれのおかずを大皿に載せて提供している。

各自、ご飯と漬物、味噌汁だけを先に配っておいて、メインの料理はご自由にお選びください、という趣旨だ。

見知らぬ者同士でバイキング形式というのは食べづらいだろうか、と少し気を揉んでいたのだが、実際には、みんな「おー！　いろんな料理が食べられる！」と目を輝かせてくれた。

大人気のチキン南蛮に唐揚げ、さっぱりしたい人向けに、ポン酢を添えた蒸し野菜。

出汁巻き玉子に焼き魚、がっつり食べたい人には煮込みハンバーグ、酒好きな人のために、魚の南蛮漬けなども用意してある。

テーブルいっぱいに大皿と取り皿が並ぶ光景は、いかにも宴会感があったし――なんだか、家庭の食卓のようにも見えた。

「あー、二人とも、座ってよ。今日は君たちのお祝いなんだからさ。取り分けようか？」

取り皿に早速、焼き魚とアジの南蛮漬けを確保しながら、のんびりと声を掛けてくれたのは、この店でもかなりの常連である、魚好きの「ほっけさん」。こと、本田さん。

「そうそう、もうちょっとゆっくりしなよ。おっ、煮込みハンバーグも用意してくれたんだ。ありがとう」

そして、その隣に座るのは、「ほっけさん」と同じ会社に勤め、陰ながらこの店を助けてくれたこともあるという、「煮込みさん」、こと二宮《にのみや》さんだ。

たしかに昼に何度も顔を見ていたし、妹に至っては彼らの部署も仕事内容も把握しているとのことだったが、俺も名前を教えてもらったことで、ようやく常連さんを常連さんとして認識できた気がした。

全部で六席のカウンターは、敦志くんと同じ会社に属する常連客でほぼ占められ、椅子を寄せて八人席にしたテーブルには、彼女の夏美をはじめ、神様案件を機に常連になってくれたお客さんも、多く座っていた。

有名人で超多忙の玉城《たまき》シェフはさすがに都合がつかなかったが、わざわざ子どもを旦那さんに預けて駆けつけてくれた麻里花《まりか》ちゃんに、再び秋葉原で働きはじめたという薇子《しょうこ》さん、すっかり予備校帰りに夕飯を食べることが増えた真琴《まこと》ちゃん。

あとは、相変わらず志穂に話しかけようとめげない憲治などがそれだ。

両親の代からこの店を愛してくれた常連さんと、ひょんなご縁で、この店を気に入ってくれた常連さん。

きっかけも理由も様々な人々が、テーブルを寄せ合い、和やかに談笑していた。

「この出汁巻き玉子、めっちゃおいしー！」

「あら、このさつまいも、すごく甘い。これよこれ、ちょっと食べてみて」

「あっ、よかったら飲み物、私、回します……！」

グラスを打ち鳴らし、皿を寄せ合い。見知った人も、そうでない人も、料理や飲み物を糸口に、ごく自然に会話を弾ませていく。

その隙間を縫うようにして、グラスを交換し、皿を替え、時々慌ただしく自分たちでも唐揚げを頬ばったりなんかしながら、俺は、なんでだろうな、と思った。

飯屋が飯を出しているだけ。そしてお客さんが飯を食っているだけ。

なのにどうして、こんなにも、胸が弾んでしまうのだろう。

美味しい、の感想も、ごちそうさまでした、の感謝も、すでに聞き慣れてきた一周年。

定食屋を継いですぐの頃より、感動はちょっとずつ丸まって、強烈に胸を衝くことはなくなった。

時々、このままでいいのかと悩むことだってあって――なのに、そのたびに、気付けば問いを打ち消している自分がいる。

鋭さを失った感動が、それでも少しずつ、どっしりと積み重なって、あるときどうしようもなく、その重みでもって俺を揺さぶるのだ。

「あれ」

飲み物のお代わりをひとしきり配り終え、厨房に戻ってきた俺は、L字型に配置されたカウンターの短辺、その端っこにぽつんと座っている「お客さん」の様子に、声を上げた。

わいわいと盛り上がる店内で、誰とも会話せず、じっと皿を見つめているその客は――俺たちのじいちゃん。

来ないと言っていたこの宴席に、無事やって来てくれたのはいいが、彼の前に置かれた取り皿には、いまだなんの料理も取り分けられていなかった。

「嘘だろ、じいちゃん。まだなにも食ってない？　なになら好きかな。肉より魚？」

白飯と味噌汁が、ゆっくりと湯気をたなびかせながら温度を失うのを見ていられず、慌ててカウンター越しに、大皿のトングへと手を伸ばす。

「自分たちで言うのもなんだけど、結構うまいと思うからさ。なんでも食っていってよ。

そうしたら、店への考えも絶対変わる――」

だが、ずっと沈黙を保つじいちゃんの口が、小さな動きでなにかを噛み締めているのに気付き、手を止めた。

「…………」

じいちゃんの前にセットされた、白飯と漬物と味噌汁。

そのうちの、粕漬けを載せた皿だけが、空になっていた。

「――……うまか」

最後の一きれを飲み込んだじいちゃんが、ぽつんと呟く。

周囲に聞き取られるのを恐れるかのように、声は低く、潜められていた。

「昔、信子に『おまえの漬物がうまか、なんて嘘だ』と、怒鳴ったとばってんが」

それとも、握った箸が小刻みに震えているところを見るに、声が掠れているのも、べつの理由によるものかもしれなかった。

「そっちのほうが、嘘やった」

じいちゃんはぐっと俯き、なにかをやり過ごすように、大きく息を吐き出した。

「やっぱり……この粕漬けが、いっちゃんうまか」

まるで絞り出すような声は、店の喧噪に紛れて、俺の耳にしか届かない。

「おじいちゃーん、どうかした？　なんか言ってるー？」

背中を丸めたじいちゃんに気付いた志穂が、遠くのテーブル席から呼びかける。

はっとして、返事を取り繕おうとしたじいちゃんに、俺は咄嗟に「大丈夫」と囁いた。

「大丈夫。聞こえてる。……絶対に」

志穂にではなく、母さんに。

じいちゃんの想いはきっと、ずっと前から、もう届いている。

返事を聞くと、じいちゃんはまじまじと俺を見て、一度だけ、くしゃりと顔を歪めた。

眉根が寄り、唇の端はわななき、それでも辛うじて、笑みに見えなくもない表情。

それが、俺たちが『てしをや』を続けることに対する、じいちゃんの答えだと思った。

「おじいちゃーん？」

「大丈夫ー、なにを食べようか、吟味してくれてるところ！」

テーブル席を離れ、今にもこちらに回り込んできそうな志穂を、大声で制する。

それから俺はトングを掴み、カウンターの上部に置いた料理を、次々とじいちゃんの皿へ取り分けていった。

「食って食って。これも、あとこれも」

チキン南蛮、煮込みハンバーグ、蒸し野菜に焼き魚に唐揚げ。

皿はあっという間にいっぱいになってしまって、到底すべては載り切らない。

そんなにいらん、と手を振るじいちゃんに、それでも俺は、料理を取り分け続けた。

食おうよ、じいちゃん。腹いっぱいに——元気になるまで。

塩辛い漬物の後には、きっと甘めの南蛮だれが美味しいはずだ。

しょっぱいものに、辛いもの、酸っぱいものに、苦いもの。

飲み込むのがつらい味だってあるけど、食べ進めればいつか、きっと大好きな味にたどり着けるはずだから。

だからじいちゃん。

食べよう。

あちこちでジョッキが持ち上がり、湯気と歓声が漂う店内で、俺はずっと、お客さんたちに料理を取り分け続けた。

＊＊＊

早朝の境内は、もはや秋というより、冬の気配を漂わせはじめていた。

手水鉢を覆わんばかりに、真っ黄色のイチョウが水面に揺れ、吐き出す息と変わらぬほどに白い朝靄が、一帯に立ちこめている。

いっそ熱燗でも持ち込んだほうが喜ばれるのでは、なんてことを思いつつ、俺は賽銭箱の横に日本酒の瓶を供えた。

かつてじいちゃんが供えていたのと同じ、ひやおろし。

銘柄は被《かぶ》ってしまったが、出荷時期によって少しずつ味が変わるので、これはこれで、差を楽しんでもらえるはずだ。

そう、じいちゃんはこちらに上京するなり、この神社に、母さんの好きだった酒を供えてくれていたのだ。

なんでも、俺が生まれたとき、じいちゃんやばあちゃんと一緒にお宮参りに来たのが、この神社であったらしい。

親父や母さんは、少し遠くにある、佇まいの立派な神社で祈禱《きとう》をしてもらいたがったそうなのだが、家に一番近い、一番お世話になる神社に挨拶しないでどうする、とじいちゃんが言ったそうだ。

母さんも、たしかに産後三ヶ月の体で遠くまで出歩くのはつらい、ということで、結局ここでお参りを済ませたのだとか。

全然覚えていなかったが、俺とこの神社は、そしてじいちゃんや母さんとこの神様は、そんな昔からのご縁だったんだな。

じいちゃんは、ちゃんとそれを覚えていてくれて、母さんの魂の安寧《あんねい》と、俺たち孫の将来の安定を願って、佐賀の銘酒を土産がてら供えていたのだった。

「神様ー」

がろん、がろん。

鈴緒を軽く揺すってみるが、神様の声は聞こえない。

冷え込みのきつい朝だから、布団でも被っているのかもしれない。

あるいはまた、二日酔いにでもなっているのかも。

言葉を交わすようになってからこちら、神様はいつもこんな調子で、訪れるたびに続けて声を聞かせることもあれば、ふつりと応じなくなってしまうこともあった。

そんなとき、俺は決まって焦りに駆られたものだ。

嫌われてしまったのだろうか。もう会えなくなってしまうのだろうかと。

今回だって、神様が魂を降ろすのではなく、「生きた者の言葉で語れ」と告げたとき、俺は正直なところ、不安を覚えた。

やれるものだろうかと。

なんとか自分自身の言葉で、じいちゃんを説得してみせたら――おかげさまで、彼は納得した表情で佐賀へと帰っていった――、今度は、突き放されたような寂しさを覚えた。

もしかしたら俺は、本当に、死者の言葉なんて語らず、神様の力を借りずして、悩みを解決できるようになりつつあるのかもしれない。

もう誰かに後ろから自転車を支えてもらうようなことをせず、しっかりと自らの足でペダルを踏み込む、そんな時期に差し掛かっているのかもしれない。

だとしたら、「卒業」なんて聞こえのいい言葉を振りかざして、いつか俺は、この神社に足を運ばなくなっていくのだろうか。

つらいときだけやって来て、回復したら去っていく人間。

それを、繰り返し繰り返し見守る神様。

そうした想像は、俺の気を滅入《めい》らせた。

病気や怪我に苦しむ患者だけを相手にして、元気になった途端去られていく医者って、どんな気持ちなのかな、と考えてみたりもした。

だがそこで、もし神様が人間のことを、腹を空かせたお客さんのように思っていたら、と考えると、不思議と悪い気はしなかった。

寒さに竦む人を店内に招き入れるように、境内に導く。

注文を取るように、願いを聞く。

まあそこで、じっと黙り込まれたり、逆に到底無理な注文を寄越されたら「ご縁がありませんでしたね」ということになるんだろうけど、自分に差し出せるものがあったら、どうだろう。

いそいそと、注文に応じたりもするのではないだろうか。

温かな料理を口に含んで、ほうっと息を吐き出す。顔色を取り戻し、強ばっていた肩からそっと力を抜く。そんな人々を、見守る。

また来てくれたら、嬉しいな。

でも、たっぷり食って元気になってくれたら、まあ、ひとまずそれでいいや。

そう思いながら、しゃんと伸びた背中を、見送る。

――神様もそうだと、いいな。

「今回も、本当の本当にお世話になりました」

二礼二拍手してから、告げる。

この先、俺と神様がどんな関係になっていくのかわからないからこそ、都度、感謝の気持ちを届けなくてはと、強く思った。

「じいちゃん、すっきりした顔をしてました。また来る、とも。神様によろしく伝えてくれとも言ってましたよ。改めて……じいちゃんも、両親も、俺たちも、三世代にもわたって、本当にお世話になってます」

季節はうつろう。

熟した葉が自然に枝を離れるように、ふと距離を置いてしまったり、飽きてしまうこともきっとある。

それでも、四季は巡るのだ。

春になるや、寂しかった枝に何食わぬ顔で青葉が茂るように、ほどけたに見えた絆が、気付けばたぐり寄せられていることも、きっとある。

新しく枝を彩るのは、去年とは異なる葉で、でもやっぱり、同じ葉でもあって。

そんな風に、違うような、同じようなことを、何度も何度も繰り返しながら、俺たちは時間を前に進めていくんだ。

性懲《しょうこ》りもなく心を揺らし、そのたびに悩んでは、結局似たような場所に戻ってくる俺たちのことを、きっと神様は、毎年紅葉を繰り返す木のように愛《め》でているだろう。

最後の一礼をする前に、俺はこんな風に言葉を締めくくった。

「また来ます。今度は、熱燗にしようかな」

神様とのご縁は、まだまだ続く。

少なくとも今の俺は、そう願っている。

深々と礼をして、踵を返す。

鳥居をくぐる直前、背後の鈴が、風もないのに音を届けた。

――がろん。

眠たげな鈴の音を聞くと、神様が「それはいいなあ」と頷いているみたいで、なんだか笑いが込み上げる。

実際のところ、死人に口がないのと同じで、鈴の音に言葉などない。

でも、俺にはそう聞こえたんだ。

そして、それでいいのだと思った。

朱色の鳥居の向こうには、すっかり冬の顔をした青空が広がっていた。

# あとがき

こんにちは、中村颯希《なかむらさつき》です。

「神様の定食屋」三巻をお手に取っていただき、誠にありがとうございます。

本作であとがきを書くことは、これまでありませんでしたが、三巻を刊行するに至った経緯があまりに嬉しいものだったので、感謝を伝えるべく筆を取らせていただきました。

この作品の一巻が発売されたのは、もう五年以上前になります。

ありがたいことに一度だけ重版が決まり、二巻を刊行できたものの、その後はひっそりと、書店さまの店頭から姿を消しつつありました。

ところが一昨年頃から、「定食屋」を読んだ方が感想を呟いてくださったり、レビューをくださったり、さらには再現料理を投稿してくださるようなことが急増しました。

はたしてそこにどんなきっかけがあったのか、私では把握しきれておりません。

ですが感想は徐々に増え、電子書籍のランキングで上位につけるようになり、「定食屋」の存在が、少しずつ読者の皆さまの間に広がっていきました。

さらにはその機会を逃がさじと、双葉社の社員さんが、熱心に書店さまへと売り込んでくださいました。

再び店頭へと並びはじめた「定食屋」は、温かな書店員さまと読者さまに恵まれ、次々と版を重ね、とうとう、続きを望む声に後押しされ、三巻を刊行するに至ったのです。そうして今三巻を手に取ってくださった方。「定食屋」の一、二巻を読み、この本が好きだと思ってくださった方。つまりあなたの、作品を応援する気持ちと声が、この作品を生きながらえさせてくれました。本当にありがとうございます。

また、読者さまと一緒になって三巻刊行を応援してくださった編集者さん、長らく期間が空いたにもかかわらず、温かで素晴らしいカバーイラストを手がけてくださったpon-marsh先生、素敵な本に仕上げてくださったデザイナーさまにも、御礼申し上げたいです。

この作品には、ハレの日に食べる豪華な料理は、特に出てきません。

登場するのは、「誰か」の食卓ではなじみ深かった、素朴な料理ばかりです。

ですが、だからこそ、日々の食卓に積み重なる思い出、日常の歯ざわりのようなものを感じ取っていただけたなら、これに勝る喜びはございません。

どうか三巻も、楽しく味わっていただけますように。

二〇二三年一月　中村　颯希